JN139887

エローラ
アニタ
ミリア
CHARACTER
登場人物

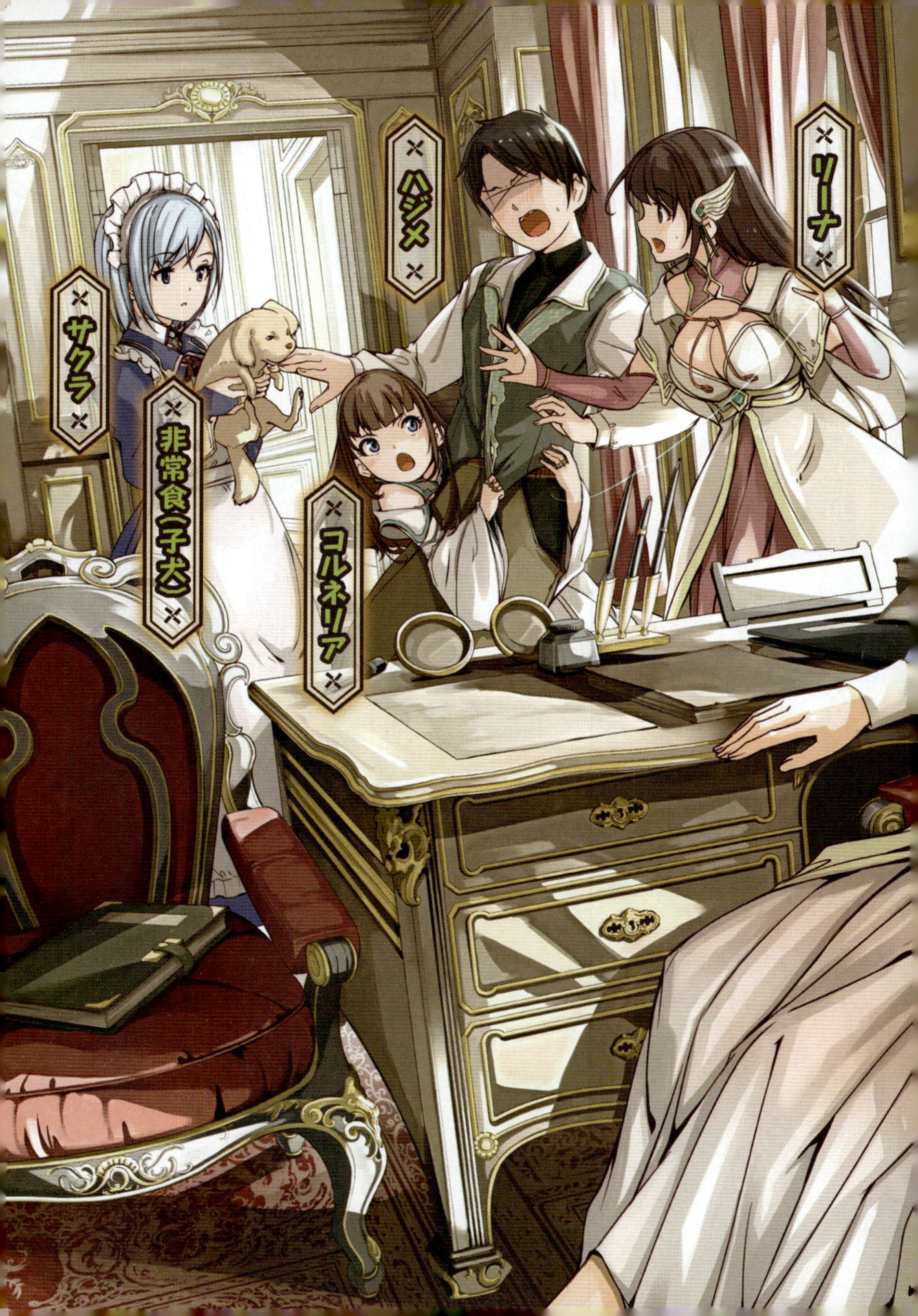

リーナ
ハジメ
サクラ
非常食（子犬）
コルネリア

周囲には瓦礫の山がうず高く積まれていた。
白い灰に覆われたその風景は、
これが夢であったらと願う俺の弱い心に現実を突きつけてくる。

NPCと暮らそう!

LET'S LIVE WITH NON PLAYER CHARACTER!

2

CONTENTS

N
ノクスノベルス

第一話 家族会議

「さて、今回の件、少し整理してみましょうか」

凜とした声が室内に木霊した。

ランドール城地下の一室。ロウソクの炎がぼんやりと室内を照らす中、六つの影が丸テーブルを囲んでいる。その格好は全員揃って白服。頭からすっぽりと収まるローブで、顔や髪型といった特徴が覆い隠されている。唯一、顔を覆う布地にのみ三つの小さな穴が開いており、そこから目と口だけが覗いていた。

「全ては神官長のサイモンが神託を受け、宰相を名乗り始めたことに端を発しているわ。あの日、あの時から全てが狂い始めた」

緑目の女は、その日を思い出すかのように視線を上げ、天井を睨みつけた。

「事が大きく動いたのは、王国軍がトータ村の長を攫った事件のあと。長を連れ去られたトータ村の人々がこの国、ランドール王国に対して反旗を翻し、王都へと攻めのぼった。でも、その人数は百人にも満たず、トータ村側に勝ち目はなかった。ここまではいいかしら？」

緑目の女がひと呼吸置くと、残りの五人の内、四人が頷いた。唯一頷かなかった一番小柄な人物は、椅子に座ったまま所在なげに脚を揺らしている。

頷いた四人のうちの一人――リーナは、もう一度深々と頷いた。連れ去られた母を取り戻すために王都へ攻め入ろうとしたのは、つい先日の話だ。

「その後、旅団と呼ばれる組織とも合流して、王都で決戦が起きる……はずだった」

緑目の女は一旦言葉を切り、目を細めた。

きっとフードの下で微笑(ほほえ)んでいるのだろうと想像しつつ、リーナは続きを待つ。

「……あの人の活躍で、戦いは起きなかったわ。その辺りは、貴方(あなた)の方が詳しいでしょう？」

緑目の女が水を向けたのは、背筋を伸ばして座り、微動だにしていなかった人物だ。その人物は、どこか感情の伴わない機械的な動きで首肯した。

その動作に、緑目の女が満足げに頷いた後——核心に触れた。

「でも、今回の件は……何かがおかしかった。見えない何かに縛られているような、そんな感覚が常に纏(まと)わりついていたわ。皆もそう思ったことはないかしら？」

「あたしも感じたことがあります。その感覚」

青色の瞳をローブから覗かせていた人物が腕を組んで頷いた。声からして、リーナに近い歳の少女だ。

青目の少女に倣(なら)って、リーナも深く頷く。確かに感じたことのある違和感だったのだ。

リーナは元々、今回の戦(いくさ)に反対だった。何故(なぜ)みんな戦いたがるのかと、否定することばかりを考えていた。

だが、気が付けば武器を持ったトータ村の人々と並び、声高に叫んでいた。戦え！　戦うべきだ！　と。何故そんなことを叫んでいたのか、自分でもわからないままだ。

——まるで、見えない何かに無理やり背中を押されているような気分だった。

「けれど、ハジメさんが宰相を倒して国王になって以降、妙な違和感はなくなったわ。まるで最初から違和感なんてなかったかのように綺麗さっぱり、ね。これはきっと偶然じゃない。だから、あの人はきっと——」

「ハジメさんは、私たちを陥れるような人なんかじゃありません！」

話を遮るように声を張り上げたのは、もう一人の青目の少女だ。先に発言した青目の少女と比べて大人しい雰囲気をまとっていた人物である。そのため、声を荒らげたことにリーナは驚いた。

でも残念ながら、声を荒げた青目の少女は大きな勘違いをしている。

「心配しなくても、この場の誰もハジメさんを疑ってなんていないと思う」

「え？」

「だって、この集まりは……ね？」

肝心な言葉は濁しつつ、それとなく諭す。

数秒の間。

「あ、えっ……あーっ！　す、すみません！」

大人しい方の青目の少女が、両手をワタワタと動かす。見ていて面白いほどの慌てぶりだった。

十中八九、ローブの下に隠されている顔は、真っ赤に染まっていることだろう。

「ほら、座って？」

「は、はい……すみませんでした」

青目の少女が椅子に座り直して縮こまる。その小動物の様な姿を見て、この子とはすぐに仲良くなれそうだとリーナは感じた。

「ふふふ。その子の言うとおりよ。私もハジメさんのことを信じているわ。でも……皆には覚えていて欲しいのよ。今回この国で起きた騒動は、ハジメさんが、悪政を敷いていた宰相を打ち倒してこの国を救った、なんて単純な話じゃないかもしれないということを」

「そう、だね……でも、みんなが感じているこの違和感って、何なんだろう？」

リーナは予てからの疑問を口にした。

「魔法か何かでしょうか？」

大人しい方の青目の少女が自信なさげに呟く。しかし、これ程大規模な魔法など、リーナは聞いたことがなかった。

「それはないわ。魔法だったらあたしが叩き斬ってる」

気の強そうな方の青目の少女が、腰に差した剣に触れる。鷹と盾の模様――『旅団』のマークが施された細剣だ。

「なら、何なのでしょうか」

「――何れにしても、この件にハジメさんが関わっていることは間違いないでしょう。あの人の周囲で不可解なことが起き過ぎているから」

リーナは頷いた。思い返してみれば、不可解な出来事が次々と浮かび上がってくるのだ。

その最たるものが、記憶の欠落だった。

リーナは、ハジメがトータ村へやって来た当初の記憶がない。トータ村の入り口で倒れていたという『事実』は覚えている。が、その時の情景が全く思い出せないのだ。

「なら、ハジメさんに直接聞いてみる……というのはどうでしょうか？」

「残念だけど、それはできそうにないわ」

大人しい方の青目の少女の提案を聞いて、緑目の女が首に振った。

「どうしてですか……？」

「聞こうとしても、聞けないのよ。貴方にも覚えがあるでしょう？」

緑目の女の視線を追うと、気が強い方の青目の少女が腕を組んだまま頷いていた。

「あいつに何かを話そうとしたら、時々言葉が出なくなることがあったわ。魔封じをかけられた時みたいにね」

「じゃあ、どうすればいいのでしょうか……」

皆が言葉に詰まり、室内に沈黙が降りる。そんな中、リーナは思い切って口を開いた。

「……信じて待とうよ。ハジメさんを」

ハジメに対する疑念がないと言えば嘘になる。だが、その疑念以上に、リーナは信じていた。

ハジメとの付き合いはまだ長いとは言えない。だが、一緒に暮らしていれば見えてくるものもある。何より、リーナの母が王国軍によって連れ去られた時のハジメの怒りは本物だった。温厚なハジメが見せた憤怒の瞳は、未だ鮮烈な印象を残している。

「そうね」

緑目の女が頷き、それに倣うように他の面々も首を縦に振った。

「じゃあ、この話はこれで終わりにしましょうか。次は……本題ね」

本題と聞いて、リーナは半ば無意識に背筋を伸ばした。今から話し合う内容は、今後を決める重要なことなのだ。

「まず――」

「その前に、ひとついいですか？」

気が強そうな方の青目の少女が、組んでいた腕を解いて手を挙げた。

その一方で、大人しい方の青目の少女が、ガックリと肩を落とす。そして、手を組み、何やら祈り始めた。その姿は、『お願いだから、余計なことは言わないで……！』と全力で主張している。

だが、その祈りは届かなかった。

「何でこんな格好をしなくちゃいけないんですか？」

身体（からだ）をすっぽり覆っているローブを指差し、同意を求めるように周囲を見渡している。しかし、その疑問を口にした瞬間、見えないはずの空気に確かな亀裂が走った。

「あら。何か問題でも？」

涼しい声で、緑目の女が応じる。だが声とは違い、目は笑っていない。

「あ、えっと……」

青目の少女が二の句を継げずに口ごもる。だが、そこで素直に引き下がる性格ではなかったようだ。青目の少女が椅子から立ち上がり、前傾姿勢で声を張り上げる。

「でも、エロー――んんっ⁉」

大人しい方の青目の少女が慌てた様子で横から腕を伸ばし、もう一人の青目の少女の口を塞いだ。

「し、失礼しました！　ほら、姉さ……あなたは少し黙っていてください」

口を塞がれた方の少女は、一瞬だけ目を細めた後、席に腰を落ち着けた。

一方で、リーナも安堵のため息を漏らした。緑目の女――母が強硬な姿勢を見せる時は、大抵何某かの意味があるからだ。

だが、リーナは失念していた。この中で最も空気が読めない人物は、決して青目の少女ではないことを。

「確かにミリア様が仰った通りでございますね」

声と同時に、布のこすれる音が聞こえてくる。リーナが恐る恐る振り向くと、今まで一言も発さず、置物のように座っていた少女が、ローブに手を掛けて脱ごうとしていた。はだけたローブの隙間からは、白と黒を基調としたエプロンドレスが覗いている。

「ちょっと！　サクラちゃん！」

メイド少女――サクラの突然の行動を見て、リーナは慌てて声を上げた。が、それは失敗だった。

「あの……名前、言っちゃってます……」

「あ……」

もうグダグダである。

「はぁ……もういいわ」

この場を仕切っていた緑目の女——エローラがローブを脱ぎ、手で額を覆った。その哀愁漂う姿に心の中で謝罪と同情をしつつ、リーナもローブを脱ごうとした。が、思わぬ方向から声が上がり、途中で手を止めた。

「なんじゃ、仮装はもう終わりか？」

話の間、ずっと足をぶらぶらとさせ、退屈そうにしていた人物がローブを脱ぐ。現れたのは一際幼いながらも、どこか高貴さをまとう幼女——コルネリアだった。

リーナは危うく声を上げそうになった。それほどまでに『この場にいること』が意外な人物だったからだ。

「あんたっ……何でここにいるのよ⁉」

気が強い方の青目少女——ミリアが両手をテーブルに叩きつけた。

「な、なんじゃ？　急に。何を怒っておるのじゃ？」

「当たり前でしょう⁉　あんたは悪政を敷いていた女王で、あたしたちの敵だったじゃない！　そんな奴がこの場にいるなんて……！」

ミリアが目を吊り上げて怒気を発する。その鋭い眼差しが、事と次第によっては剣を抜くと語っていた。

「わらわは……わらわは……」

ミリアの迫力に圧され、コルネリアが目を逸らす。助けを求めるように視線を向けた先は、エローラだった。

「……ミリア。それくらいになさい。許すと決めたのでしょう？」

「……確かに言いました。でも、それとこれとは話が別です！　こいつは団長の仇で、あたしたちが革命を起こす原因を作った張本人ですよ⁉」

「……そうね」

「そんな奴がこの場にいるなんて、あたしは認めない！　絶対に！」

再びバンっ！　とミリアが机に手を叩きつける。腰に差した細剣が揺れ、存在を主張するかのように乾いた音を立てた。

エローラの表情が悲しみを帯びていく。その表情を見て、きっとこうなって欲しくなかったからローブを羽織らせたのだと、リーナは今更ながらに悟った。

「……違和感の話をしたわよね？」

「はい？　聞きましたけど、今は関係――」

「関係ある……かもしれないのよ」

エローラは、ひと呼吸おいて続けた。

「私の夫――クリフォードがどうして亡くなったか知っているかしら？」

「そんなの……あいつが原因に決まってるじゃないですか！　あいつが団長を振り回して、こき使って……」

「過労で死んだ……かしら？」

「そう！　だから――」

「……私もそう信じていたことがあったわ。いいえ、思い込んでいたと言った方が正しいかしら」

エローラがリーナに視線を向けた。

「リーナは、あの人がどうして倒れたか覚えているかしら？」

問われて当時のことを思い出す。

ある日突然、旅団長であり、この国の財務長でもあった父は、ベッドから起き上がることができなくなった。原因不明の病。王宮治癒師ですら匙を投げた難病を患い、そのまま他界してしまったのだ。

——そう、原因不明の病である。

「あっ！」

「……過労と言われていたのは、ただの推測。結局、死の原因は謎のままよ」

「なっ——!?　なら今までどうして黙っていたんですか！　おかしいじゃないですか！　エローラさんだって、団長の死は過労が原因だって言ってたじゃないですか！」

「そうね……でも、自分ですら何でそんなことを言っていたのかわからないのよ」

「そんな……それって」

ミリアが愕然とした表情を見せる。

リーナも同じ気持ちだった。肉親との離別。その大切な記憶さえ捻じ曲げ、操る者がいる。それはまるで——

「悪魔……」

「ええ、そう。きっとこの国……いえ、この世界には神がいるわ。私たちを操り、不幸に陥れるような、そんな神が。……ハジメさんは、そんな神と戦っているんじゃないかしら。私たちの知らないところで、ね」

可能性は十分にあると感じた。リーナは、ハジメの悪癖をよく知っている。その悪癖とは、何もかもを一人で抱え込み、勝手に突き進むことだ。

トータ村の村長が王国軍に連れ去られた時、ハジメはリーナに別れも告げないままトータ村を飛び出して、一人で王都へと向かって行った。それは勝算があったからこその独断専行だったのかもしれない。あるいはその優しさ故に、自分たちを巻き込まないようにしようとしたのかもしれない。でも、リーナは不満だった。

同じように、トータ村の人々も自分をおいて戦に赴こうとした。女子どもだから、守るべき対象だからと、自分の与り知らない所で勝手に決め、戦いから遠ざけようとしたのだ。

そんな経験をしたせいか、リーナは大切な人たちが自分の側から離れ、いなくなってしまうかもしれないという恐怖を二度と味わいたくないと思うようになっていた。

「……でも、仮に悪魔みたいな奴がいて、あたしたち皆が操られていたとしても、やっぱりこいつがこの場にいるのは許せないわ！」

ミリアがコルネリアを指さして糾弾する。

リーナは、ミリアの気持ちがよく理解できた。エローラが言っているように、事実は異なるのかもしれない。父であるクリフォードの死の原因は、コルネリアと全く別のところにあるのかもしれない。でも、今更そんな真実らしきものを突きつけられても、心がついて行かないのだ。

だが、その心情を深く理解しつつも、リーナは全く別の声を上げた。

――もう、失う恐怖を味わいたくないから。

「ねぇ、ミリアちゃん、だっけ？」

「え？　そうだけど、えーっと……リーナだったかしら？」

怒りで頭が一杯なくせに、律儀に返すミリア。その姿を見て、やはりこのエルフの姉妹とは仲良くできそうだと確信した。

「名前覚えていてくれたんだ！　ありがとう！」

敢えて明るい声を出しながらミリアに近付き、両手を取る。その肌はエルフ特有の雪のようなきめ細やかさで、思わず羨望の視線を向けそうになった。

「と、当然じゃない！　これからアニタがお世話になるんだから」

「え!?　私？」

蚊帳の外で静かに事の成り行きを見守っていた大人しい方の青目の少女――アニタが素っ頓狂な声を上げた。

「そうよ。あたしはアニタの付き添いで来ただけだし」

「姉さん、何を言っているの……？」

アニタが、鳩が豆鉄砲を食らったような顔をしている。それだけで、リーナは色々と察した。

「そうなんだ。でもおかしいなぁ。皆が何のために集まったのか、もちろん知っているよね？」

「当たり前じゃない。家族になる人たちの顔合わせの場でしょ？」

「そうそう。だから、この場にはハジメさんの家族――ううん、もっとわかり易く言っちゃおうかな。この場にはハジメさんの恋人か奥さんしかいないはずなんだけど……ね？」

会心の笑みをミリアに向ける。

途端にミリアの目が見開かれ、表情が引き攣った。

「だっ……だから何よ!?」

「ううん、大したことじゃないんだよ？　大したことじゃないんだけど、さっきのミリアちゃんの言い方が、まるで自分は家族の一員じゃないみたいに聞こえたから、どうなのかなーって」

「くっ……それは」

ミリアが口ごもる。その頬には赤みが差し始めていた。

いじめ過ぎたかなと反省しつつ、リーナは核心に触れることにした。

「この場にいるってことは、そちらの女王陛下も、もう家族なんだよ。なら、仲良くしなきゃ」

「――っ！　でもっ！」

「ねぇ、ミリアちゃん。あなたも、ハジメさんが好きなんだよね？　なら、ハジメさんが家族って決めた人とは仲良くしないと、ね？」

口から出た説得の言葉は無茶苦茶だった。想い人が選んだ人ならどれだけ嫌いな人とでも仲良くしろ。リーナが言ったことを端的に纏めると、こういうことなのだから。

リーナは自分の言葉に説得力がないことを重々承知している。そして、ミリアが女王を恨んでいることも理解した。しかし、それ以上に、今は些細な諍いでも許容できなかった。誰に何と思われようが、リーナにとってこれは、越えられない一線になっている。

せっかく取り戻した平穏が、ずっと続いてほしい。そう、リーナは願っていた。

「だから——あれ？」

ふとミリアの様子がおかしいことに気付く。唇を強く噛み、握りこぶしを作って、小刻みに震えていた。

そして、突然大きな声を上げた。

「ち、違うわよ！　ハジメに……男になんて興味なんてないし！　あたしはアニタの相手がどんな奴か気になっているだけよ！」

一体何を言い出すのかと困っていると、横から視線を感じた。アニタだ。苦笑いを浮かべながら、ゆっくりと首を横に振っている。

リーナは、再び事情を察し、頬を緩めた。そして……意地悪をしたくなった。

「あれ？　興味ないんだ？」

リーナの予想通り、ミリアの眉が言葉に反応してピクリと動く。

「……ないわよ！」

「ふーん……？　じゃあ、このあとの話し合いには参加しないってことだよね？」

「……当たり前じゃない！」

吐き捨てるようにミリアが言う。だが、リーナの目から見れば、明らかに本心から出た言葉ではなかった。自分の気持ちに気づいていないのか、それとも知っていて誤魔化しているのかはわからないが、何れにしても初々しい反応だった。

「ここに来たのは間違いだったわ！」

ミリアが部屋から出て行く素振りを見せる。その頬は見るからに赤く染まっていた。

リーナは、黙ったまま存在感を消しているメイドの少女にアイコンタクトを送った。

「あたし、帰らせてもらうわ！　って、サクラ⁉」

サクラが音もなくミリアの背後に忍び寄り、ガシッと羽交い締めにした。

「ちょっと、離しなさいよ！」

「と、仰っていますが、離した方がよろしいのでしょうか」

「ダメだよ！　そのましっかり捕まえておいて！　ミリアちゃんのためでもあるんだから」

「はーなーしなーさーーーい！」

引き止めるリーナと藻掻くミリアをサクラは暫し見比べる。そして、何かに納得したように小さく首を縦に振った。

「……なるほど。これが本当の『嫌よ嫌よも好きのうち』というものでございますね」

リーナは目を丸くした。サクラが珍しく正鵠を射た発言をしたからだ。

「そんなわけないじゃない！　いい加減に離しなさいよ！」

藻掻くミリア。だが、サクラが巧みに腕を搦め捕って動きを封じているせいで、地団駄を踏むだけになっている。

その間にリーナはミリアの近くへ歩み寄り、微笑みながら口を開いた。

「ミリアちゃんは、もっと素直にならなきゃ」

「素直って……どういう意味よ⁉」

「そのままの意味。ね？　お母さん？」

リーナがエローラに水を向ける。当のエローラは、娘のリーナと同じ種類の微笑を浮かべていた。

「そうね。私もミリアはもっと素直になった方が可愛いと思うわ」

「可愛いっ⁉　エローラさんまで何を言い出すんですか！　それに、あたしのどこが素直じゃないって言うんですか！」

エローラが何とも形容し難い微妙な表情を浮かべた後、ため息をついた。同時にリーナも肩を落とす。

「だいたい、あの優男のどこがいいって言うのよ！　いっつもどこかをほっつき歩いてるし、話すとすぐこっちの言葉に突っかかってくるし。可愛い女の子ならまだしも、あんな冴えない男なんて絶対御免だわ！」

気付いているのだろうか。ハジメのライフスタイルを知っているということは、目で追っているということ。度々突っかかられているのは、それだけハジメと会話していることの証左でもある。

――『好き』の反対は『嫌い』ではない。『無関心』なのだから。

その無関心ではいられないくらい、ミリアがハジメに興味を持っていることは、誰の目にも明らかだった。

ミリア以上にミリアの心の中を正確に読み取った面々は、揃って微笑を浮かべた。

「その笑いは何なのよ！　ちょっと、アニタ！　助けなさいよ！」

「また私ですか⁉　うぅ……」

アニタは目を泳がせ、何やら逡巡する素振りを見せている。背はリーナより高いはずなのに、その身にまとう雰囲気のせいか、小動物のように見える。

リーナは、アニタの愛らしい雰囲気から、きっと『仲良くしなくちゃ駄目です！』といった具合に、自分の考えに真っ直ぐな言葉で賛同してくれると予想した。

そして、その予想は一周回って正解だった。

「すみません、姉さん。ハジメさんは私の、その……ご、ご主人様ですから」

「……え⁉」

リーナは思わず声を上げてしまった。ご主人様って何⁉　という疑問ばかりが頭の中をグルグルしている。

「ああ、そうだったわね……」

ミリアがサクラに捕らえられたまま、がっくりと肩を落とす。どこか納得した様子だ。ますます意味がわからず、リーナは混乱していく。

ご主人様とは、メイドや執事が主を呼ぶときに使う言葉だ。あと、もう一つ。良からぬ主従関係を結んだ時にも出てくる呼び名である。

リーナは、さり気なくアニタの服装を確認した。エルフ族が好んで着る上品なシルクのトップスと、プリーツのスカート。そして、その上を包むケープのような羽織物を身につけている。妖精と見紛(みまご)うほどの可愛らしい格好だ。とてもメイドには見えない。

ということは、後者――良からぬ関係であるということだ。

「えっ、えっ!? えぇぇぇぇぇぇっ!?」

リーナはパニックに陥った。熱くなった頬を押さえ、気を落ち着ける努力を重ねるものの、上手(うま)くいかない。

「ハジメさんにそんな趣味が……」

ない、とは言い切れなかった。男性の多くが従順な女性を好むと聞いたことがある。加えて、ハジメのような生真面目(きまじめ)な男性ほど、溜(た)め込んだ鬱憤(うっぷん)を晴らすかのごとく、ベッドの上では攻撃的な一面を見せるものなのかもしれない。

オラオラ系のハジメを想像してみる。想像上のハジメは、何故か右手に鞭(むち)を持ち、左手には丸く束ねた縄を持っていた。

「……それもいいかも」

リーナは、普段の穏やかなハジメが一番好きだった。しかし、意外な一面というものに心を惹(ひ)き寄せられ始める。自分、ないし家族にしか見せない顔。少し強引な誘い方と、乱暴な口調。想像するだけで何故か胸が疼(うず)き始める。

「ねぇ、リーナ。お楽しみの所悪いんだけど……」

「――はっ!?」

名前を呼ばれて我に返る。そして、完全に妄想が爆発していたことに気付き、慌てて頭の中から妄想を追い出した。そうして冷静になった後、改めて隣に視線を送ると、いつの間にかサクラの手から解放されたミリアが立っていた。

「リーナが想像しているようなのとは大分違うわよ」

「……別に何も想像してないよ？　それで、アニタちゃんが言ってた『ご主人様』って、一体どういうことなの？」

ミリアが半眼で怪しむような視線を向けてきたが、リーナは無視を決め込んだ。

「アニタから言い出したことなのよ。『調教してください』って」

「調教……!?」

またも登場したとんでもない言葉に、リーナは言葉を失った。

「だから、ハジメはアニタに付き合ってるだけ。ま、ハジメの方も何だかんだで楽しんでるみたいだけどね」

「こんなこと聞いていいのかわからないんだけど……アニタちゃんを止めなくてよかったの？　大事な妹さんなんだよね？」

「止めたわよ。でもアニタは、一度言い出したら聞かない子だから」

ミリアの美しい青目には、コルネリアたちと会話中のアニタが映っている。その包むような眼差しは、優しさに溢(あふ)れていた。

「……何よ？　あたし、何か変なこと言った？」

「ううん。お姉ちゃんだなって思っただけ」

言って、視線をアニタたちの方へと移す。机を挟んだ向こう側では、アニタ、コルネリア、サクラの三人が楽しそうに雑談をしていた。

「サクラさんって、料理がとっても上手なんですよ！」

「なんじゃと⁉　菓子！　菓子は作れるのか⁉」

無言で首を縦に振るサクラ。そのサクラを見て、コルネリアが目を輝かせた。

「では、わらわはクッキーが食べたいのじゃ！」

「あはは。サクラさん、あとで作ってもらえませんか？」

「かしこまりました」

「やったのじゃ！」

はしゃぐコルネリアと、微笑むアニタ。そして無表情のまま二人の側に立つサクラ。リーナには、初対面とは思えないほど仲睦（なかむつ）まじいように見えた。

「みんな、楽しそうだね」

「そう？　アニタと女王はともかく、サクラはちっとも楽しそうに見えないんだけど？　表情一つ変えないし」

「そんなことないよ。サクラちゃんも楽しそう。だって、二人の側で話を聞いてるでしょ？　あれは興味があるってことだと思う」

「……え？　そういうもの？」

「そういうものなの。最近のサクラちゃんはずっと楽しそう。ハジメさんの影響かなぁ」

「そう言えば、サクラはハジメのことをよく目で追いかけているわね……ったく、皆あんな奴のどこがいいのよ」

「まだ言ってる」

リーナは口元を押さえて笑った。

そうして和気藹々(わきあいあい)とした雰囲気になったところで、エローラが口を開いた。

「――じゃあ、夜伽(よとぎ)の順番を決めましょうか」

満を持して発せられたエローラの言葉で、皆の表情が消えた。そのまま黙して席へと戻っていく。

着席したのは最初と同じ六人。その中には、ミリアの姿もあった。

「あ、やっぱり座るんだ」

「……アニタに変なことをしないか、見張る必要があるわ。だから、あたしも参加することにしたの」

「本当に、素直じゃないよね」

「……何よ。何か文句あるわけ？」

「ううん。ないよ」

このメンバーなら、これから先ずっと上手くやっていけそうだと思い、リーナは笑顔を浮かべた。

第二話　帰郷

「――だから、この王都の経済・治安は、ともに回復しつつあると言っていいんじゃないかしら」

透き通った声の主はそう締めくくり、分厚い報告書の束を机に置いた。報告書を読み上げていたのは、艶のある黒髪を後ろで団子のように結い、艶やかな執務ドレスで身を包んだ女性――エローラさんだ。

「そっか。それは何より……なんだけどさ」

俺――柊一は一旦言葉を切り、窓の外へと視線を向けた。眼下に見えるのは、王都の街並みだ。

ランドール王国王都。経済の中心地と位置付けられたこの都は、つい先日までゴーストタウンの様相を呈していた。締め切られた家の窓、閑散とした大通り、露天商の姿がない広場。酷い有り様だったのだ。

過去の光景を回想した後、現在の景色に関心を移すと、俺は自然と笑みがこぼれた。

ランドール城が位置する王都中央区は、白亜の建物と街路樹が並び、白と緑が調和した美しい光景が広がっている。この西向きの窓から見える西の大通りにはひっきりなしに人が行き交い、喧騒がここまで聞こえてきそうなほど賑わっている。

あの中に混じり、羽を伸ばせたらどれだけ楽しいだろうと、つい想像してしまった。

視線を上げると、雲一つない青空。今日も憎らしい程いい天気だ。

「一応、念のため、確認なんだけど……何でそんな報告を受けなきゃいけないの？」

何度目になるかわからない確認の言葉を口に出す。

「もちろん、ハジメさんが国王様だからよ。ね？　陛下？」

茶目っ気たっぷりの笑顔で言われ、俺は深々とため息をついた。

窓から部屋の中へと視線を戻すと、ベッドとして活用できそうなサイズの執務机が真っ先に目に入った。本来は黒光りが目立つ代物だが、今は書類が山のように積まれているせいで、雪が積もっているかのように真っ白である。

その山から逃げるように視線を落とすと、視界に入ってきたのは今座っている椅子だった。

「エローラさんまで、そんな呼び方しないでよ。この椅子は本来、あいつが座るべき椅子なんだから」

この椅子に座るべき女王――コルネリアは、何処かへ遊びに出かけたまま一向に帰ってくる気配がない。

「あら、似合っているわよ？」

冗談とも本気ともつかない微笑みを向けてくる。その心の内を読ませない翡翠色の瞳に、おもわず引き込まれそうになった。

「似合ってるって言われてもなぁ」

せめてもの抵抗を試みる。が、戦う前から勝敗はわかりきっていた。

「それに、ハジメさんがいてくれて凄く助かっているわ」

エローラさんは優雅な微笑みを浮かべつつ、俺の目を覗き込んでくる。美人に見つめられ、その上褒めちぎられたら、首を縦に振るしかない。

「……はぁ」

結局肩を落とし、書類との格闘に戻った。

半刻ほど耐えたのち、俺は限界を迎えた。

「あー、もう！　やってられるかぁぁぁぁぁぁ！」

バンッと力任せに机に手を叩きつける。積み上がった書類が一瞬ふわりと浮いた。

毎日毎日決裁、決裁、決裁。たまに会議。国王なんだからもっと派手なものを期待していたのに、蓋を開けてみればリアルで働いていた時と大差がない。

だから思うんだ。何故ゲームの世界に来てまで働かなければならないのかと。

「こちらが追加の書類でございます。本日中に決裁をお願いいたします」

俺の絶叫は見事に無視され、相変わらず淡々と俺に書類を押し付けてくるサクラ。

有能すぎて涙が溢れそうだ。

「ハジメさん？　文句言ってもその山は減らないんだから、頑張らないと」

にこやかな顔で言外に『さっさと手を動かせ』と言ってくるのは、財務長の座に就いたエローラさんだ。

この国、ランドール王国における財務長は、実質的に国王の右腕と呼ぶべき立場にある。国財の管理はもちろんのこと、軍事や人事、果ては皇位継承者の教育まで、幅広い役割を担っている。名は体を表すとよく言われるが、この役職に関しては一切当てはまらない。俺から見れば、右大臣と言われた方がしっくりくるが……何も言うまい。

そして、この財務長と対を成す役職が神官長であり、主に神事や外交を担っていたが、例の革命騒ぎの後、空席となっている。

「はいはい、頑張ります。ん……？　この書類」

格闘すべく書類を手に取ると、よく見知った単語が目を引いた。『トータ村』だ。

「何々……『貴族階級の特権廃止および累進課税制度の試験導入に伴う王都ならびに地方における経済効果について』か。うん、わからん」

興味を持ってはみたものの、題名の時点で躓いてしまった。加えて紙にびっしりと書き連ねられた文字に忌避感を覚えてしまう。どうして公文書というものは、こうも難しく長ったらしい文章ばかりなのか。わざと難解にして、何かを隠そうとしているのではないかと疑いたくなる。

早くも襲い掛かってきた頭痛とバトルを繰り広げつつ、ない知識を総動員して読み進める。

一行目——先般の『革命』において、一部の貴族による国の私物化が明るみになったことは記憶に新しく、国内において所謂貴族特権と呼ばれるものの——

だめだ、頭が痛い。

目頭を揉み、リラックスを試みるが効果なし。嗚呼、逃げ出したい。

チラリとエローラさんの様子を窺う。ニッコリと微笑むエローラさん。だめだ、『まだ』逃げられそうにない。

再び書類に向き直ると、紙の上に躍っている文字が解読不能な暗号に見え始め、目眩がしてきた。理解し難い文章は、頭に極度な負荷をかけるらしい。次第にイライラしてくる。

「まったく……誰だよ、こんな文章を書いた奴は」

きっと名門の家系であることを鼻にかけるような、感じの悪い文官に違いない。呼び出して小言をぶちまけてやろう。そう思って作成者の名前を見ると――

「エローラ……さん？」

作成者の欄には、達筆な字でエローラ・ベルンシュタインと書かれていた。

――まぁ、あれだ。

この報告書は、俺のような矮小な凡人には理解できない高度な文章で構成されているのだろう。だからきっと、理解できない俺の方が悪いのだ。ほら、冒頭のこの文章なんて、これまでの経緯を詳しく書き、読み手に配慮した文章になっているじゃないか！　しかも、誤字脱字なんて一つも見当たらない。何より字が綺麗だ。うん、とても素晴らしい報告書だと思う。

「オレ、ガンバル」

片言で宣言した後、俺は不慣れな公文書の読解を必死に進めていく。エローラさんがやっていることを理解できない自分が嫌なのだ。負けたくないというプライドなんかじゃない。置いてけぼりにされるのが嫌なのだ。

だが、幾ら必死になったところで、急に頭が良くなるわけではない。だから俺は開き直ることにした。

「……エローラさん、この報告書なんだけど、よくわからないから教えてもらっていいかな」

「あら、どの報告書かしら？」

エローラさんが手を止め、席を立って歩み寄ってくる。

「この貴族の特権？に関する報告書なんだけど」

「ああ、これね。要は貴族の特権をなくして、その分、国民の税金を下げましょうってお話よ」

「……あ、そういうことか」

要点を聞くと、難解だと思っていた文章がスラスラと読めてくるから不思議なものだ。まるで霧が晴れるかのように頭の中がクリアになっていく。

「そういえば、累進課税制度って聞いたことあるな。確か収入が多い人はより多くの税金を納めるようなシステムだっけ。ああ、だから王都や地方の経済効果って話になるのか」

模様にしか見えなかった文字が、今は理解できる。頭に染み込むように入ってくる。何だろう、これ。ちょっと楽しいかもしれない。

「でも、これってトータルでマイナスの試算……しかも最初の年は大幅な赤字になるような……あれ？　これ、大丈夫なの？」

「ふふふ……」

ふと顔をあげると、エローラさんが笑っていた。何だか凄く嬉しそうに見える。

「ん？　どうしたの？」

「いいえ。何でもないわ」

「……？」

　何でもないと言いつつも、エローラさんは聖母のような微笑みを浮かべ続けている。わけがわからない。

「それで、収支の話だったわね。ハジメさんの推測通り、単純な収支だけなら赤字よ。だから、サイモン派の貴族から毟(むし)り取っ――こほん。寄付の申し出があったから、それが当面の財源になるわ。あとは、復興に伴って納税額が上がる予定だから、それを充(あ)てていくつもりよ」

「へぇ……それでいけるものなのか」

「サイモン派の貴族が蓄えていた私財は……莫大(ばくだい)なものだから」

　エローラさんは、どこか沈痛な面持ちで目を伏せた。

　サイモンは、このランドール王国の宰相の座に就き、私利私欲のために様々な悪事に手を染めた人物の名である。そして、つい先日の革命で、俺が倒した中ボスでもある。

「そんなに凄いのか。やっぱり悪事で荒稼ぎしていたん……どうしたの？」

　軽い気持ちで発した言葉の途中でエローラさんの様子に気付いた。

「……いいえ、何でもないわ」

　何でもないと言いつつ、エローラさんは目を伏せている。その様子はどう見ても悲しんでいるようにしか見えなかった。

そこで、ふとサイモンと戦った時のことを思い出した。

サイモンは確かに中ボスらしい高慢な台詞(せりふ)を吐き散らし、プレイヤーである俺に襲い掛かってきた。だが、その目には確たる信念のようなものが宿っていたように見えた。

俺は疑問を解消するため、ヘルプウィンドウを呼び出し、この国の歴史——過去の物語を表示した。すると、予想通りのことが書かれていた。

「ああ、そういうことだったのか」

過去のサイモンは、立派な人物だったと記されている。サイモンは、当時の財務長でありエローラさんの夫であったクリフォードと共にランドール五世を支え、コルネリアが戴冠(たいかん)した際も、皆に『あの二人が後ろについているから大丈夫』と言わしめた傑物だったようだ。

だが、現在に向かって歴史を読み進めていくと、途中でサイモンの評価が一変していた。クリフォードが病に倒れたタイミングで宰相を名乗り始め、コルネリアを操って悪政を敷き始めたことにより、畏怖(いふ)の対象となっている。

この突然の変化は、明らかに『クエストの強制力』によるものだ。フールの手によって意思を歪(ゆが)められ、都合のいいように行動を強制された結果である。

——身近にいた人物が唐突に変貌したら、そりゃ悲しむよな。

部屋の中に気まずい沈黙が降りる。その重圧に耐えきれなくなる直前、エローラさんが口を開いた。

「さて、仕事の続きをしましょうか！」

手をパンっと合わせ、エローラさんが気持ちを切り替えるような明るい声を出す。つられて俺も明るい声を出した。

「そうだね。エローラさんに教えてもらったお陰で進められそうだし、ガンガンやっちゃいますか！　それに、この後は楽しみもあるしね。あの件、頼むよ？」

ニヤリと笑い、エローラさんに視線を向ける。するとエローラさんは、共犯者の笑みを浮かべた。

「ふふふ。わかっているわ。でも、ちゃんとやることをやってからよ？」

「わかってるって。さぁ、やりますか」

エローラさんの反応に満足した俺は、書類との格闘へと戻った。


「……そろそろいいかな」

書類仕事が一段落ついた俺は、誰にも聞こえないようにポツリと呟いた。

最近、俺は不満が溜まりに溜まっている。

例えば、夜の当番制がそうだ。

エローラさん、リーナちゃん、そしてミリアとアニタちゃん、それにコルネリアとサクラを加えた六人が話し合い、夜伽の順番を決めたらしい。その結果、今日から毎日交代で俺の部屋にやって来ることになったようだ。

そして、『ようだ』という言葉が表している通り、俺の意思は全く反映されていない。

いや、いいんだけど。でも、なんかこう……もやもやするのだ。俺のヒエラルキーがどんどん下降していっている気がしてならない。

付け加えるなら、この書類の山も不満である。

コルネリアに確認してみたところ、以前は本当に大事な案件以外、国王のところまで上がってこなかったらしい。だから幼いコルネリアでも周囲に助けられながら何とか処理できていた。だが、俺になった途端この有り様である。絶対におかしい。

それに忙しすぎてリーナちゃんと寝て以降、誰とも肌を合わせていない。このままだと、今日もエローラさんの相手をするどころではなくなるだろう。

もう限界だった。だから俺は——ボイコットすることに決めたのだ。

チラリとエローラさんに視線を送る。が、反応なし。羽根ペンを握り、黙々と手を動かしている。気付いていないはずはないのに、この無反応。つまり、これから俺が取ろうとしている行い——仕事を放り投げて逃げ出し、トータ村へ遊びに行くこと——を見逃してくれるということだ。俺は心の中でガッツポーズをとった。

改めて机の上を眺め、最低限の仕事は終えた事を確認……問題なし。俺はそっと逃げ支度をし始めた。と言っても改まって用意するような荷物などない。強いて言えば、

「お土産か」

今更城下町に出ている時間などない。そのため、机の下に密かに隠してあった秘蔵の酒を引っ張り出した。銘柄は『魔王』。製造過程での分け前を持って行こうとする天使を誘惑し、魔界へと導く魔王にちなんだ名の酒だ。

ちなみに、焼酎に分類される『魔王』は、通常この世界には存在しない。その存在しないはずのものが今ここにあるのは、もちろんエロＭｏｄの力である。本来Ｍｏｄの用途は、酔わせた女の子……げふんげふん。

ちなみに、このＭｏｄはＡＩＭｏｄと競合するため、俺やＮＰＣたちが飲んでも本来の効果は発揮されない。ただの美味い酒である。

「あとは……何か小物が必要だな」

お土産と聞けば、まず間違いなくあの女性は自分専用のものをねだってくる。その未来が見えている俺は準備を怠らない。

「どうかなさいましたか？」

目ざといサクラが俺の不審な動きを捉えてくる。

空気を読んで欲しい……いや、ある意味で空気を読んでいるのかもしれない。

「い、いや、何でもないぞ？」

「そうでございますか」

あっさりと引き下がり、ティーポットから紅茶を注ぐサクラ。いい香りが部屋の中に漂い始める。

湯気とともに漂う甘い香りに誘われ、自然と肩の力が抜けてくる。いい一息がつけそうだ。

「……って、ちっがあぁぁあう！」

手近にあった羽根ペンを摑み、ストレージに格納して準備を終える。そして、恐ろしき包囲網から逃れるべく、詠唱を開始した。

「至るは天空、統べるは大地。七つの扉開き、いざ彼方の回廊へと征かん。ゲート・オブ・ワールド！　では、さらばっ！」

極めた風魔法の中でも最上位に位置する転移魔法の詠唱を終える。

そうして身体が転移する間際、顔見知りの文官が執務室に入ってきた。俺に『書類仕事は得意ですか？』と聞いてきたあの文官だ。その腕にはドッサリと書類が抱えられていることからして、俺にさらなる仕事を持って来たに違いない。

そして、俺が逃げようとしているのがわかったのだろう。

文官の顔が青ざめていき、何かを叫ぼうとした瞬間、俺はニヤッと笑いながら転移した。

××××

トータ村へ着いて早々に、見知った人たちと出くわした。

「おう、ハジメじゃねぇか！　久しぶりだな！」

「あんた……相手はもう国王様だよ！　なに気安く話しかけてんのさ！」

「いでぇ！　殴るなよ！　バカになったらどうすんだよ！」

「もう十分あんたはバカだよ。むしろもっと引っ叩いた方が何か閃くかもしれないね」

夫婦漫才を繰り広げるエラルドおじさんとロレッタおばさん。その変わらない仲の良さを見て、思わず吹き出してしまった。

トータ村の雰囲気も全く変わっていない。一面に広がる畑と牧場。そしてまばらに建つ木造の家々。この長閑(のどか)な景色を見ていると、故郷に帰って来た気分になる。

「ご無沙汰(ぶさた)しています。エラルドさん、ロレッタさん。あと、変に気を使わないでください。そんなのは王都でだけで十分です」

城の廊下を歩いていると、誰もが頭を下げ、壁際に引いて道を空けてくれる。

最初こそ気分がよかったものの、最近では窮屈(きゅうくつ)になってきていた。誰もが俺を敬い、一挙手一投足に注目してくる。そんな状態で、気を抜くことなどできるはずもない。

だから、この村では肩の力を抜いていたかった。

「いいのかい？」

「ええ。この村の皆にまでそんな扱いをされたら、俺の居場所がなくなってしまいます」

「そうかい。何か苦労してるみたいだね」

「ははは……それなりに」

やはりここへ息抜きに来て正解だった。ずっしりと重かった肩が、羽根のように軽くなってくる。

「ところで、急にどうしたんだ？　視察か何かか？」

「いえ、ちょっと息抜きに」

「そうかい。あ、そういえば、税が下がって助かってるよ。あんたのお陰だろ？　大したもんさね」

バシッと音がしたかと思うと、俺の背中から衝撃がやってくる。背中を叩かれたらしい。

痛い。痛いけど懐かしくて、頬が自然と緩んでしまう。

ふと先日の革命騒ぎを思い出した。あの戦は未然に防ぐことができたが、もし俺が失敗していたら、この人たちは戦地へ赴いていたのだ。そうなっていれば、今この場所で笑い合うことは叶わなかったかも知れない。

この人たちが戦うことにならなくて本当に良かったと、改めて実感した。

「税の件は、エローラさんのお陰ですよ」

「そうなのかい？　まぁエローラさんなら納得ってもんだけどさ。そういえば、エローラさんやリーナちゃんとは上手くいってるのかい？」

ニヤニヤとロレッタさんが意地の悪い笑みを浮かべながら、俺を肘で突いてくる。

「まぁ、ぼちぼちって感じです」

「おっ、言うようになったじゃないか。こりゃ、もうすぐ式だね。着るものあったかねぇ」

「気が早過ぎですって！」

言いつつも、悪い気はしなかった。

——と、そこに見知った顔が加わった。

「式って何の話？　あっ！　ハジメ君じゃない！　やっほー」

やって来たのは、防具屋店主のルシアさんだ。久しぶりの再会に驚く様子もなく、気さくな挨拶を投げてくる。

「お久しぶりです。ルシアさん」

「なによー。堅っ苦しい挨拶しちゃって。あれ？　んー？」

フレンドリーな態度でポンポンと俺の肩を叩いていたルシアさんが、唐突に眉を寄せて俺の顔を覗き込んでくる。

「な、何ですか……？」

「ん……ちょっと見ない間に格好良くなっちゃったなって思っただけ」

「へ？　どういうことですか？」

俺のこの身体(アバター)は初期設定のままである。当然、顔も変わっていないし、身長すら一ミリたりとも伸び縮みしていないはずだ。このゲームの世界では、特別な手続きを踏まない限り、良くも悪くも外見が変化しないのだ。だから『格好良くなった』という表現は妙である。

「何でもなーい。あーあ、ハジメ君は羽ばたいちゃったかぁ」

またも俺の質問を躱(かわ)すルシアさん。これは答える気がなさそうだ。

仕方なく腕を組んで考え込むと、一つ心当たりに行き着いた。この世界でも、外見が変わる部分があるのだ。

「……ああ、服装の話ですか？」

このゲームのような世界において、外見が変わるといえば、装備の変化を指す。徐々に強い武器や防具へと更新していき、次第に格好良くなっていく。ＲＰＧの醍醐味(だいごみ)の一つだ。

が、しかし。

自分の格好を見下ろすと、見慣れた服装が目に入る。どこにでもありそう長袖(ながそで)の服と、これまたどこにでもありそうな長ズボン。所謂『布の服』と呼ばれるもので、この世界では村人から町人まで幅広く着られている一般的な量産服だ。特徴など皆無である。

「って、この服はこの村にいた時も着ていたやつじゃないですか」

「そうだね。似合ってるよ」

ルシアさんはニヤニヤと笑みを浮かべている。

「いや、やっぱり意味がわからないですって。降参ですから、ちゃんと説明してくださいよ」

「ふっふっふー。ダーメ」

腰に左手を当て、右手の人差し指を立ててチッチッと左右に振るルシアさん。完全にお楽しみモードだ。

「気付かないのも、アンタの美点さね。あっはっは」

ロレッタさんまで背中をバンバンと叩いてくる。痛い。

「ロレッタさんも、わかっているなら教えてくださいよ」

「それはアンタ自身で気付かないと意味がないさね。おや？　今あたし、いいこと言ったかい？」

駄目だ。ロレッタさんも答える気は更々ないらしい。

このままではずっと玩具(おもちゃ)にされ続けてしまうと悟った俺は、切り札を使うことにした。

「あ、ところで、お土産を持ってきたんですよ」

「お？　何でぇ、気が利くじゃねぇか！」

後ろに下がって会話を眺めていたエラルドさんが、ずいっと輪の中に入ってくる。途端に漂ってくる刺激臭。エラルドさんを除く三人は、一瞬にして散開した。

「あん？　どうした――」

「汗臭い格好のまま近付くんじゃないよ！　何度も言ってるじゃないか！」

「痛ぇ！　耳！　カーチャン、耳引っ張るのは反則っ！」

「あんたがマナー違反をするからだよ！　恥ずかしいったらありゃしない。すまないねぇ、あんたたち」

「い、いえ……ああ、そうだ。お土産ですけど」

メニューウィンドウを操作し、城から持参したものを取り出す。実体化したのは酒瓶だ。

「おっ！　酒じゃねぇか！」

耳を引っ張られつつも、エラルドさんは即座に反応を寄越す。流石である。

「沢山持ってきましたから、あとで一杯やりましょう」

「いいじゃねぇか。んじゃ、ちょっくら声かけて回……あ、先に風呂だな。わーってるって。イテテテテッ！　本当っ！　本当だって！」

「ふん、ならさっさと行っといで！」

ロレッタさんが耳を離した瞬間、エラルドさんは自宅方面へと猛ダッシュで駆けていった。哀れなり。いや、自業自得か。

「それで？　私には何もないのかな？　私とハジメ君の仲なのに、皆と一緒なんてことはないよね？」

ニヤニヤ顔を崩さないまま、ルシアさんが可愛く首を傾げている。その顔には『考えてなかったでしょ?』と書いてある。まだ俺で遊び足りないらしい。

だが、対策済みの俺に隙はない!

「もちろんです。はい、これ」

ルシアさんの手を掴み、その手のひらにアイテムを乗せる。俺の執務室から持ち出した例の羽根ペンだ。

「羽根、ペン……?」

「そう、羽根ペンです」

第一段階は成功。だが、問題はこの後だ。

何故ルシアさんへのお土産が羽根ペンなのか。その理由をこじ付け……否、即興で考えて、あたかも貴女のために持ち帰りましたと振る舞わねばならない。

決して手近な所で適当に見繕って持ってきた、などとバカ正直に言ってはいけないのだ。

「さっき俺のことを羽ばたいたみたいなことを言ってましたけど、それはこっちの台詞です。ルシアさんは、いつも羽が生えているみたいに自由に飛び回っていますよね」

「……」

考えろ。考えるんだ。淀みなく言葉を出さないと怪しまれてしまう!

そうだ。褒めて、褒めて、褒めまくるのが最善手だ。これに尽きる。

「それでいて、皆には羽で包むように優しく接してくれます。そんなルシアさんがいたからこそ、この村に馴染めましたし、楽しく過ごすことができたんです」

これは紛れもない事実だった。ルシアさんを始めとしたこの村の皆が優しかったからこそ、この世界が好きになったのだ。

「だから、そんなルシアさんにピッタリのアイテムだと思って、この羽根ペンを持ち帰ってきたんですよ。受け取ってもらえると嬉しいです」

よし、言い切った。即興とは思えないほど、我ながら完璧なスピーチだった。

――はずなのだが。

「……」

おかしい。目の前に立つルシアさんは、俺から羽根ペンを受け取ったポーズのまま固まってしまっている。

ルシアさんにつられて俺も固まっていると、ロレッタさんが近寄ってきて、俺の肩を叩いた。

「アンタ……エローラさんやリーナちゃんという者がありながら、まだ足りないってのかい？」

「へ？」

「何を驚いた顔をしているんだい。さっきから堂々とルシアを口説いているじゃないか」

「何の話……あ」

改めて自分の言葉を振り返ると、火が出そうなくらい恥ずかしい台詞を言っていた気がする。というか、告白じみていた気がしないでもない。少なくとも、近所のお姉さんに向ける言葉ではなかったような。

やっちまったぁぁと後悔し、頭を抱えた。数々の経験を経て、少しはマシなコミュニケーション力を手に入れたと思った途端、これだ。

ドン引きされているだろうなと思いつつ、恐る恐る視線を上げた。

「……ねぇ」

「はいっ！」

「さっきの話って、そういう意味よね？」

潤んだ瞳で見上げてくる。その姿は近所のお姉さんではなく、まるで少女のようだった。

「あ、いや……その」

何と返せば正解なのだろうか。

そんなつもりはなかったと言えば、ルシアさんを傷つける結果になる気がしてならない。反対にその通りですと返すのも何か違う気がする。

「えっと、何というか……」

迷う。迷う。迷う。迷いすぎて、何を考えて良いのかすらわからなくなってきた。そもそもこの思考の迷宮に出口があるのかさえ疑わしい。

と、そこへロレッタさんの一言が飛んできた。

「それくらいにしておいたらどうだい？」

「え……？」

どういう意味ですか、と問いかける前に、眼前のルシアさんの表情が目に見えて変わった。儚（はかな）げな表情から悪戯に成功したお姉さんの顔へ。

「ふっふっふー。私をからかおうなんて百年早いの、よっ！」

「うわっと！　えっ？　えぇぇぇぇぇ⁉」

例のごとく、ルシアさんにヘッドロックを御見舞いされる。

「はっはっは。そうは言うけど、ルシアも最初、本気にしたんじゃないかい？」

「ちょっとっ⁉　ロレッタさん⁉」

真横にあるルシアさんの顔から動揺の気配が伝わってくる。よく見ると、頬に赤みが差していた。

その後も暫くルシアさんとロレッタさんの攻防は続いた。だが、俺はというと——

「そろそろ死にそうなんですけど……」

着々と減り続ける酸素ゲージを見ながら呟いたものの、誰の耳にも届かなかった。


「んじゃあ、いくぜ。革命の成功と、ハジメの功績をたたえて……乾杯！」

「乾杯！」

エラルドさんの合図を皮切りに、室内が乾杯の音頭で沸き立った。

このエラルドさん、ロレッタさん夫妻の家の広間は、現在満員状態だ。元々置かれていた椅子や机は部屋の隅へと寄せられ、集まった人々が床にすし詰め状態で座っている。が、それでも入りきっておらず、廊下も村人に占拠されていた。

あまりの惨状に、ロレッタさんが渋い顔をしている。

「あんたたち……ちょっとは遠慮ってものを覚えたらどうだい。うちは狭いんだ」

「冷たいことは言いっこなしじゃよ。めでたいことは、皆で分かち合うもんじゃ。のう？　皆の衆？」

　ボロ布をまとった好々爺(こうこうや)――モーガンさんの問いかけに、そうだそうだ！　と男衆から野太い声が上がる。

「なぁ、あんたからも何か言っちゃくれないかい？」

　珍しく困り果てた顔でロレッタさんが助けを求めたのは、夫であるエラルドさんだ。だが、そのエラルドさんは既にご機嫌な様子で酒をあおっていた。

「うめぇ！　この酒最高だな！」

「失礼するよ。おっ、これは何という名前の酒じゃ？　わしも色々な酒を嗜(たしな)んできたが、こんな酒は初めて見るのぅ」

　よっこらしょと掛け声をかけながら、モーガンさんも腰掛ける。

「えーっと、他国から取り寄せた一品だそうで。『魔王(サタン)』って名前のお酒らしいですよ。それよりも、ロレッタさんが――」

「おぉ、他所(よそ)の国の酒か！　どうりで見たことねぇわけだ！　で、ハジメ。どのぐれぇ持ってきたんだ？」

「皆さんが満足できるくらいには……そんなことより、ロレッタさんが――」

「聞いたか、てめぇら！　今日はハジメの奢(おご)りで、パーッと飲めってよ！」

太っ腹な国王様万歳と、男衆から歓声が上がる。そのむさ苦しい集まりのせいで、室内温度が一気に上昇する。暑い。

だがそんな中、氷点下に冷え込んでいる場所があった。ロレッタさんの周囲だ。

「……あんた」

握りこぶしが作られる。平手であれだけ痛いのに、拳骨（げんこつ）になるとどれ程痛いのか。想像もしたくない。

俺は慌てて立ち上がり、ロレッタさんの前に立ち塞がった。

「まぁまぁ、ロレッタさん。今日くらいはいいじゃないですか。無礼講ってことで」

「あん？　あのバカの肩を持つのかい？」

絶対零度の視線を俺へと向け、握りしめた拳をポキリポキリと鳴らしている。魔物より余程怖い。

だが、俺が立ち塞がり続けると、次第に怒気が萎（しぼ）んでいった。

「ったく。どこまでお人好しなんだか。あのバカにも爪の垢（あか）を煎（せん）じて飲ませてやりたいくらいさ」

愚痴を言いつつも、拳を解いていくロレッタさん。お人好しはむしろロレッタさんの方だと思うが、口には出さないでおいた。

「今日は好きにさせる。だけど、あんたには後片付けを手伝ってもらうからね！　覚悟しときな」

「任せておいてください」

伊達（だて）に現実世界（リアル）でボッチ生活をしていたわけではない。炊事、洗濯、掃除、何でもござれである。

家事は、やってくれる人がいないと、できるようにならざるを得ない。自然と身につくものだ。

ちなみに、『できる』と『やる』は別次元の話だが、それはさておき。

「はっはっは。冗談さ。幾らなんでも国王様に後片付けなんてさせられないさね」

バンバンと背中を叩かれる。

「それに、ルシアもお待ちかねのようだしね」

言われて足元を見ると、ここに座れと言わんばかりに、一つ席が空いていた。隣に座っているのは酒瓶を持ったルシアさんだ。

「話終わった？　待ちくたびれちゃったよ。ほら、座って！」

ルシアさんがにこやかに着席を促してくる。一見するとご機嫌に見えなくもない。

が、俺は嫌な予感がしていた。ルシアさんが待ちくたびれるまで俺を待っているということ自体、碌でもないことしか想像できないからだ。

「えーっと、何でしょうか……？」

恐る恐る席につくと、案の定、ルシアさんが嫌な笑みを顔に貼り付けていた。

「……さっきはよくも私をからかってくれたじゃない？」

ちょっと待て。まだ根に持っていたのか！

「お姉さんちょっと傷ついちゃった。だから、ね？　ハジメ君の過去を振り返ってみたいと思いまーす！」

「ちょ……!?　どうしてそうなんですか!?」

「問答無用！　そんなわけで、最初は……やっぱり初会話ね！　えーっと確か……そうだ。私が

『こんにちは』って声をかけたんだ」

この世界に迷い込んだ当初、ＡＩＭｏｄを導入されたこの世界があまりにも精巧にできていたことから、俺は対人障壁(ボッチオーラ)を全開にしていた覚えがある。

「そうしたらさ。『えっと、あの……おは、よう』って小さい声でつぶやいて、すぐさま猛ダッシュで引き返していったんだよ！　あはははは。お姉さん、小っちゃい動物かなにかと勘違いしちゃった」

よく覚えていないが、俺はそんなトンデモない行動をしていたらしい。というか、記憶から意図的に抹消した黒歴史なんだから、思い出させないでくれ！

「『えっと、あの……その』ってモゴモゴ言っていたハジメ君、可愛かったなー」

「ちょっと、勘弁してくださいって！」

「あんまり虐(いじ)めるんじゃないよ。相手は……一応、国王様ってことを忘れてないかい？」

横から挟まれたロレッタさんの言葉に、一応ってどういう意味だ！　と一瞬反発を覚えたが、途中でその反発はおかしいことに気付いた。そうだ、俺は国王（仮）なんだった。だから一応が付くことは正しい。むしろ是非(ぜひ)そう呼んでくれたまえ。

「そういえば、そうだったね。すっかり忘れてたわ」

こちらは本当に忘れていて、しかも今後も気にする様子はなさそうだった。この気さくな性格がこの女性の美点だ。

「でも、国王様かぁ……。ということは、さっきの告白受けていたら、私は王妃になれたってこと？」

　俺に聞かれても困るため、口にチャックをした。そもそも、先程の話は告白じゃなかったってことで決着が付いたんじゃなかったのか！　と声を大にして言いたい。いいや、言わせて頂きたい。まぁ、言えないんだけどな。ヘタレ万歳。

「それって玉の輿よね？　憧れるなぁ。もしいい相手が見つからなかったら、私もハジメ君の家族に加えてもらおうかな」

　何そのお金目当てでしかないダダ漏れの本心は。俺がこの場にいることを忘れているんじゃないだろうか。

「はっはっは。それがいいさね。そろそろ、女一人で店をやるなんて意地張るの、やめたらどうだい？」

「余計なお世話」

「何です？　その意地って」

　知らない話が出たため、俺は口を挟んだ。ルシアさんが防具屋を続けている理由はこれまで聞いたことがなかったのだ。

「ほら、ハジメ君が興味を持っちゃったじゃない」

「いい機会じゃないか。たまには吐き出してみたらどうだい」

「そうね……」

　ロレッタさんに促されたルシアさんは近くにあった酒瓶を手に取り、並々とグラスに注いだ。そしてグイッとあおった後、徐(おもむ)ろに口を開いた。

「うちの両親は探検家でさ。珍しいものが大好きな人たちなの。だから、私が幼い頃からいつも家を空けてばかりだった。でもね、持って帰ってきてくれるお土産が珍しいものばっかりでさ。家の防具屋で店番しながら、二人が帰ってくるのをずっと楽しみにしてたんだ」

楽しみにしてた。その過去形の語り口で大体の事情を察した俺は、半ば無意識に押し黙った。

「やっぱりそんな反応をする！　だからこの話はしないようにしてるんだって！　それに、まだ死んだって決まったわけじゃない。もう十数年になるけど、私はまだどこかで生きていると思っているんだよね。ほら、これ見てよ」

ルシアさんがポケットの中から、銀色に光るコインを取り出した。表面には盾と鷹の紋様が描かれている。

俺はこのコインを見たことがある。いや、持っている。『旅団の証(あかし)』と名付けられたキーアイテムだ。

「これって、両親が大事にしていたコインなんだよね。二人とも肌身離さず持っていた大切なコイン。こんな大事なものを忘れたまま戻ってこないなんて、考えられないと思うの。だから、私は二人が帰ってきた時のために、今の防具屋をもっと大きくしておいて、どうだーって見せつけてやるんだ。いい案でしょ？」

十数年前という時期と、旅団の証。それらが示すのは、リーナちゃんやエローラさんが王都を離れることになった内乱に、ルシアさんの両親が関わっていたということ。

俺は指を宙に滑らせてヘルプウィンドウを開き、歴史の項目を選択した。

ずらりと並ぶ暦の中から目当ての年代を素早く探し、拡大する。その説明文の最後には、こう書かれていた。

『内乱に加わった旅団員たちは、我が妻を逃がすために、その尽くが戦場とも呼べぬ場所で散っていった。彼らの行いは愚行である。しかし、讃えずにいられようか。感謝せずにいられようか。我はあの者たちの名前を忘れない。必ず後世へと語り継いでみせよう——クリフォード・ベルンシュタイン』

——何で、これほど不幸な設定ばかり並べ立てるんだよ！

俺は叫びそうになった。この世界の歴史や背景は、このゲームの製作者が作ったものなのだから、如何様にでも明るいストーリーにできたはずだ。なのに、こんなサイドエピソードを暗い話にする必要がどこにあるのか。しかも、メインストーリーが終わった後の後付けでだ。普通のＲＰＧならこんな救いのない追加エピソードは用意しない。

——キヒヒ。

一瞬、憎きピエロ人形の悪意あるニヤけ面が頭を過ぎった。

「あー、暗くなるから止め、止め！　ほら、飲もう！　そうだ。私は話したんだから、次はロレッタさんの番だよね？」

ルシアさんが口元に手を当てて、ニシシと笑う。その笑いに陰はなく、いつもの快活なお姉さんの顔だった。

「あん？　何さね？」

「だーかーらー。エラルドさんとのことですよー。知ってますよ？　実はロレッタさんとエラルドさんって、大恋愛の末の結婚なんでしょ？」

「ああ、大恋愛かどうかはわからないけど、駆け落ちしたってのは事実さ。懐かしい話さね」

「わーお。どの辺りが好みだったんです？」

「そうさねぇ……」

ロレッタさんが目を細める。その視線を追うと、エラルドさんの背中に行き着いた。そのエラルドさんは、白いフードを被った人物と飲み対決をやっている。エラルドさんは既にふらふらの状態だが、まだ頑張るらしく、自らのグラスに酒を注いでいた。

「うちの夫は、見ての通りバカさね。勝てもしない勝負を挑んで、気がつけばぶっ倒れている。ほっとくと何をするかわかりゃしない」

言葉の内容とは裏腹に、その声は優しさに満ちたものだった。

「でも、ああ見えてやるときゃやる男さね。駆け落ちって話もよく勘違いされるんだけど、あたしが持ちかけた話じゃあないんだ」

「え？　そうなんですか？」

ルシアさんが驚きの声を上げる。俺も同じ感想だった。

「ああ、そうさ。あたしは手を引っ張られるままに付いてきただけってわけさ」

「へぇ……何だか意外」

「よく言われるよ。普段はあんな男だからね」

「あ、でもあの時はちょっと頼もしかったね。王都へ攻め入ろうって話になった時、仕切っていたのはエラルドさんだったし」

「ああいう時に役に立たなきゃ、ただのバカだからね。ま、結局無駄になっちまったわけだけどさ。誰かさんのおかげで、ね」

　ぼんやりと話を聞いていた俺は、一瞬反応が遅れた。

「……え？」

「え？　じゃないよ。まったく。この村の救世主が何ぼんやりしてるのさね。今日はあんたが主役だろ？」

「……そうでしたっけ？」

　この宴会の経緯を今一度思い返す。俺が土産として酒を持ってきた。だから宴会を開こうという流れになった。それだけだ。

　……あれ？　俺が主役ってどういうことよ？

「ハジメはぁ、こまけぇこと気にしすぎなんだよっ！」

　ベロンベロンに酔っ払ったエラルドさんが千鳥足で近付いてくる。どうやら飲み対決はエラルドさんの敗北で終わったらしい。白のフードを被った人物は、優雅にお茶をすすっている。

「うー……、ヒック。俺たちゃ、みーんな感謝してんだ。ああ、エローラさんが連れて行かれて腹が立ったさ！　王国軍なんてクソ食らえだと思ったぜ！　ぶっ潰してやろうともな！」

酔いが回っているせいか、普段以上に尖(とが)った言葉がエラルドさんの口からこぼれ出ている。

「けどよ、あの戦だけは駄目だ。どう見たってバカの行動だ。俺ぁ、頭わりぃからよくわかんねぇけどよぉ。あのまま戦っていたら、俺は満足して死ねたかもしれねぇ。けどその分、誰かを泣かせていた気がしてんだ。それでもよ。一度戦うと決めたら、もう止まれやしねぇ。誰がなんと言おうと、もう止まれねぇんだ。あー、くそ。上手く話せねぇけどよ。ああ、そうだ。でもあれは嬉しかったぜ。いざ王都へ突入！　って号令をかけようとしたら、門が開いてやがったんだ。それに、中からハジメがエローラさんを連れて出てくるじゃねぇか。その時、嬉しくって泣いちまってさ。嬉し泣きなんて久しぶりだったぜ。なぁ、じいさんよ」

「ほっほっほ。そうじゃな。あの後、王都でたらふく飲んだ安物のエールは格別じゃった」

「違ぇねぇ」

大声で笑う二人を中心に、部屋の中がドッと笑い声に包まれた。

「でもよ、今度は別の心配が出てきちまってよ。国王って偉ぇんだろ？　金は好き放題使えるし、女は囲い放題。そんな生活にどっぷり浸(つ)かっちまったハジメは、こんな村どうでもよくなっちまってるかと思ったんだぜ？」

「そうじゃのう。一度贅沢(ぜいたく)を味わうと、もう戻れぬからの」

「けどっ、ハジメはこうして俺らの村へ帰って来た！　しかも、気の利いた土産なんて持ってきやがる。やっぱハジメはハジメだ。なーんも変わっちゃいねぇ。俺たちゃ、それが何より嬉しいんだよ！」

エラルドさんが両腕を広げて迫ってくる。ヤバいと思うものの、案外俺も酔いが回っていたらしい。酒臭い猛獣にあっさりと捕まってしまった。

「よっしゃ！　革命の功労者を讃えて、胴上げだぁ！　皆手伝ってくれや！」

任せとけ！　と野太い声が次々と上がり、俺の身体は簡単に持ち上げられていった。

「待った！　ちょっと待った！　わかったから、十分伝わったから、胴上げわあぁぁぁぁぁぁ！」

言い終わる前に胴上げが開始され、俺の身体が宙を舞う。ちなみにここは室内で、ごく一般の家の中である。当たり前の話だが、天井は低い。

——ゴンっ！

痛快な音を立てて、俺の鼻の頭が真っ赤に腫(は)れた。

「よっしゃ、もう一丁！」

「や、め……」

鼻をぶつけた痛さと、急激に回り始めた酔いのせいで、気分は最悪だ。だが、ハイになっている男どもは気付くことなく、盛り上がり続けている。

「死ぬ……死ぬ……」

これが遺言にならないことを願いながら、俺は意識を手放した。


「酷い目にあった」

暗闇(くらやみ)の中、ポツポツと家屋から漏れる光を頼りに、俺はトータ村の中を歩いていた。後ろを振り返ると、少し離れた所に、牛乳屋の看板が掲げられたエラルドさん夫妻の家が見える。その家の窓からはまだ明るい笑い声が聞こえてきていた。まだ飲んでいるらしい。

「よくやるよなぁ」

恐らく吐きながら飲み続けている村人たち。その豪胆な飲みっぷりには畏敬の念を禁じ得ない。

「さてと、久々に帰宅しますか」

くるりと回れ右をして、歩き慣れた道を進んでいく。この村で暮らしていた間、毎日通った道だ。

酒が回り、若干千鳥足になりながら、田舎(いなか)道を歩く。

見渡す限り広がる牧場を一陣の風が駆け抜け、俺の頬を撫(な)でていく。火照(ほて)った顔には丁度いい風だった。

真っ直ぐ歩いていくと、牧場と入れ替わるように畑が見え始め、家の明かりが増えていく。その明かりの中の一つ、可愛らしい字体で『ルシア防具店』と書かれた看板が目に留まった。玄関口にはクローズドの札が下げられ、室内に明かりは灯(とも)っていない。恐らくまだ飲んでいるのだろう。

「そういえば、ルシアさんの店もこの道にあったんだっけ」

牛乳配達クエストばかりをこなしていた頃、よくこの店の前で引き止められた。やれ靴紐(ひも)が解(ほど)けているだの、やれ服が解(ほつ)れているだのと、色々と世話を焼いてもらったものだ。

まだ一ヶ月程しか経っていないはずだが、俺にとっては懐かしく思えた。

「……と、そうこうしている内に、着いたな」

目の前には最も懐かしい屋敷があった。エローラさんやリーナちゃんと一緒に暮らしていた屋敷だ。

「ここも久しぶりだな」

感慨深く三階建ての屋敷を見上げる。ここは始まりの場所。エローラさんやリーナちゃん、それに村の皆との生活が始まった思い出の屋敷だ。

盾の紋章が刻まれた門扉を開き、庭を抜けて、木製の短い階段を登る。それらの目に映るもの全てが、一ヶ月近く放置されていたと思えないほど小奇麗にされていた。恐らく村の誰かが時々掃除をしてくれているのだろう。

鷹飾りの取っ手が付いた玄関扉の前までたどり着くと、また別の思い出が蘇ってきた。確か以前、この扉の前で恐怖に震えた覚えがある。怒ったリーナちゃんが、この扉の向こうで待ち構えていたのだ。その時のきっかけは、ルシアさんと仲良く話していた現場を目撃されたことだった。

だが、それはあくまできっかけで、怒っていた本当の理由は、俺がずっとリーナちゃんを放ったらかしにしていたことだった。

「あの時は、本当に怖かったな」

あの件に関しては、俺が悪かったと反省している。ゲーム世界に閉じ込められた当初だったことから視野狭窄に陥り、リーナちゃんを気にかける余裕がなかったのだ。

——だが、その反省は未だ活かされないままである。

「ただいま」

玄関扉を開き、嘗てそうしていたように帰宅の挨拶を口に出す。すると——

「おかえりなさい」

「……え？」

返ってくるはずのない挨拶が返ってきて、俺は一瞬混乱した。

「リーナ、ちゃん？」

目の前に立っていたのは、リーナちゃんだった。

そのリーナちゃんは、白を基調としたファンタジーらしい法衣を纏っている。初めて目にする衣装だ。全体的に柔らかく落ち着いた印象のある法衣で、オンラインゲームで言うところの回復職が好んで着ていそうな衣装である。

そしてよく見ると、エロＭｏｄの効果により、上はリーナちゃんの大きな胸が強調されるような作りになっており、下はミニのスカートになっている。が、リーナちゃんの長い黒髪が醸し出す清楚な雰囲気に飲まれて、淫猥さよりもむしろ美しさを引き立てていた。

「そんな所に立っていないで、早く中に入ってください」

リーナちゃんの姿に見惚れていた俺は、言われるがまま家の中に入り、入り口の扉を閉じる。そして、改めてリーナちゃんに向き直ると、途端に嫌な予感が背筋に這い上がってきた。

何故か、以前感じたことのある恐怖がリフレインされてきたのだ。

「……ところで、ハジメさん」

「はいっ！」

一歩近付いてきたリーナちゃんが、俺を見上げてくる。その目は明らかに据わっている。

「本当はこんなことを言うのは嫌なんですよ？　嫌なんですからね？　でも……この村で遊び耽（ふけ）っていたハジメさんを見て、今日は言わせてもらおうと思います。わたし、可愛がってくださいってお願いしましたよね？　なのに……あれ以来、ずっと抱いてもらっていないんですけど……」

「ぐ……」

確かに宰相を打ち倒し、革命が成ったあの日、俺はリーナちゃんの『これからも、ちゃんと可愛がってくださいね』という願いを聞き入れた。しかしながら、その願いを叶えることなく、今日に至っている。実際あの日以降、リーナちゃんと肌を合わせていない。

「それに、わたし、念願の夢が叶って王宮治癒師になったんですよ？　まだ見習いですけど、お城の中で他の治癒師の皆さんと一緒に魔法の練習をしたり、神事のための祝詞（のりと）を覚えたり、色々と頑張っています。……ご存知でしたか？」

「ぐ……」

「あと、わたしがどうしてこの村にいるのかも知らないんじゃないですか？」

「ぐぐぐ……」

何も言い返すことのできない自分が悲しい。革命が終わった後の数週間、リーナちゃんがどこで何をしていたのか、俺は全く把握（はあく）していなかった。

忙しかったから仕方がなかったんだ！　と声高に主張することもできる。それはある意味正しく、言ってしまえば楽になる正論だ。

だが、そんな正論など、この聡（さと）いリーナちゃんが考えていないはずもない。その正論を理解した上でなお、こうした感情を露わにしているのだ。

「何だか、わたしばっかりです……」

今思うと、いつもリーナちゃんの積極性に甘えてばかりいた気がする。アクションを起こすのはいつもリーナちゃんで、俺はただ待って受け入れるだけだった。そして、いつしかそれが当たり前だと無意識の内に思い込んでいたのかもしれない。

「……なーんて！」

パンっと両手を叩き、リーナちゃんが顔を上げる。その顔には朗らかな笑顔があった。

「ハジメさんがずっと忙しくしているのは知っていますし、凄く頑張っているのも知っています。さっきの宴会で、皆もハジメさんのことを褒めていましたよね。凄い奴だ！　って」

一際明るい声でリーナちゃんが言う。それは明らかに俺の心情を慮ってのことだった。本当に、この子には頭が上がらない。

「ごめんな」

リーナちゃんに近づき、そっと抱きしめる。腕の中に感じる久しぶりの感触は、温かくて柔らかかった。

「……口を開けばハジメさんを責めてばっかり。嫌な女ですよね、わたし」

「そんなことない」

「仕方ないのはわかっているんです。いきなり王様を任されて、国を立て直して！　なんて言われたら、誰でも周りを見る余裕なんてなくなります。わかってはいるんです」

——でも、寂しいんです。

俺を見上げてくる翡翠色の瞳が、何より本心を物語っていた。

一層強くリーナちゃんを抱きしめる。そして、その温かい体温を感じながら口を開いた。

「実は、仕事を放り出して来たんだ」

「……え？」

「リーナちゃんや他の皆との時間が取れなくて、俺も正直限界だった。だから、全部を放り投げて現在逃亡中なんだ。ちなみに、逃げ出す瞬間に見た文官の顔は最高だったよ？」

「あはは。そんなに楽しそうに言っちゃダメですよ。でも、よくお母さんが見逃してくれましたね」

「その辺りは抜かりないよ。エローラさんには事前に相談してあって、フォローしてもらってる。だから、俺が今ここにいられるのは、エローラさんのお陰なんだ」

「なるほど。なら、早く帰らないとダメなんじゃないですか？　あんまり遅いと、お母さん怒っちゃいますよ？」

「そうだね。でも、今夜一晩くらいは許してくれるんじゃないかな」

身体を離し、深い翡翠色の瞳を覗き込む。潤んだその瞳は、期待に彩られている。

「……それって、どういう意味ですか？」

「決まっているじゃないか」

リーナちゃんの手を取る。そして、先導するように屋敷の奥へと足を踏み出した。目指すのは勿論(ろん)、寝室だ。

さぁ、今晩はリーナちゃんを思う存分可愛がろう。

そう決意して寝室に踏み込んだ俺は、初っ端(しょぱな)から計画を崩された。寝室に入った途端、ベッドへと押し倒されたからだ。

「リーナちゃん……？」

仰向(あおむ)けに横たわった俺の腹の上に、リーナちゃんが馬乗り状態で座っている。蠟燭(ろうそく)の弱光に照らされたリーナちゃんの顔には、普段見たことのない情熱的な表情が浮かんでいた。

「この一晩は……わたしだけのハジメさんです」

勿論だと頷く前に、俺の頰が両手で包み込まれ、優しく撫でられていく。くすぐったささえ伴うその手付きは、どこか官能的だった。

「でも、わたしはとっても欲張りなんです。一晩だけなんて我慢できません」

リーナちゃんの顔が近付いてくる。そのゆったりとした動きに合わせるかのように、美しい黒髪がハラハラと周囲を覆っていく。絹糸と見紛うほどの美しい髪たちは、やがて周囲を遮るカーテンとなり、二人だけの世界を形作った。

「よくわからないことが起きても、たとえ誰が何と言っていても、わたしはハジメさんを信じています。これまでも、これからも、ずっと……」

それはまるで誓いの言葉だった。

続いて、啄むようなキスが降ってくる。それは蕩けるような甘い感触だった。

「だから……わたしの側からいなくならないでください」

最後に一際濃厚な口づけを交わして、リーナちゃんの顔が離れていく。その翡翠色の瞳にはうっすらと涙が浮かんでいた。

リーナちゃんの話には正直よくわからない部分があった。何故今このタイミングで俺を信じると言い出すのか、それがさっぱりわからないのだ。

だが、とても不安にさせたという事実だけは理解できた。

俺はリーナちゃんの両肩を押して上体を起こし、そのまま腕を伸ばして、リーナちゃんの頭にそっと手を置いた。目を見開くリーナちゃんを他所にゆっくりと優しく撫でていく。

「何だか謝ってばかりだけど、ごめんな」

「……頭を撫でるのは卑怯です。怒っていたことも、不安に思っていたことも、全部どうでも良くなってきちゃうじゃないですか」

そう言って口を尖らせるものの、リーナちゃんの目はうっとりと細められている。

「帰ったらもう少し時間を取れるようにするよ。だから、今はこれで許してくれないかな」

「……ずるいです。断れないのを知ってるくせに」

リーナちゃんは、少し困ったような、それでいて喜んでいるような複雑な顔をした後、俺の背に腕を回してきた。

身体が密着し、リーナちゃんの体温が伝わってくる。そして何より、服越しでも大いに存在を主張する爆乳がふにゅりと潰れ、俺の胸板に当たる感触がたまらなく気持ちいい。

「……ひとつだけ、条件があります」

耳元で囁かれる声。同時にリーナちゃんの腕がゆっくりと俺の背中を撫でていく。

「今日まで寂しかった分全部を埋めるくらい……可愛がってください」

脳を痺れさせるような甘い声を耳元に残して、リーナちゃんが俺の腕の中で身体の向きを変えた。丁度俺がリーナちゃんを後ろから抱きしめる格好だ。

視線を落とすと、背中越しにでもよく見える巨大なおっぱいたち。そしてそれらが作り出す深い谷間。強烈に主張するその柔らかそうな双子山に自然と目が吸い寄せられていく。

「ほら、早く……」

リーナちゃんがトロンとした目で振り返り、両腕を上げて後ろにいる俺の首に絡ませてくる。その万歳するようなポーズをした瞬間、おっぱいが震え、俺を誘うように波打った。

ゴクリと唾を飲み込み、両手をリーナちゃんの前へと回していく。リーナちゃんが両手を上げているお陰で、邪魔するものは何もない。俺の手は、難なくおっぱいへと辿り着いた。

「んっ……」

リーナちゃんの可愛い声と共に、手のひらから幸せな感触が伝わってくる。法衣越しですら伝わってくる圧倒的なボリュームに、俺は感動を覚えた。それに、法衣自体も良い生地でできているのか、触った感触が滑らかで気持ちいい。

このおっぱいを好き放題にできる俺は、恐らく世界一の幸せものだ。

「久しぶりのハジメさんの手……やっぱり優しい」

甘えた声を上げながら体重を預けてくるリーナちゃん。その横顔を覗き見ると、安心したように目を閉じていた。

気を良くした俺は、更なる欲望のために、衣装を脱がしにかかる。最初は脱がしますよ、と合図するように軽く引っ張り、リーナちゃんが小さく頷いたのを見届けてから、胸の部分をゆっくりとずり下げていく。神聖な衣装に手を掛け、ずらしていくのは、どこか背徳感があった。

徐々に広がっていく陶磁器のような真っ白の肌。この衣装は下着と一体型らしく、脱がすにつれて肌が晒されていく。

そして、更にその高さを増していく双子山。どうやら衣装で強く抑え込まれていたらしく、解放された柔肉が端からこぼれ出てくる。カップの部分をずり下げていく間、見ていて楽しくなるくらい衣装が乳肉に食い込んでいた。

「もうすぐ見えそう」

さぁ、お待ちかねの頂はもうすぐそこだ。大人しく引っ込み思案な突起をどうやって可愛がろうかと考えつつ、焦らすようにゆっくりとカップを降ろしていく。

リーナちゃんは何も言わないが、顔は真っ赤だ。

そして、ついに頂上が見えた——と思ったのだが、

「あれ……？」

待ちわびた頂上にピンク色は見当たらず、代わりにベージュ色の薄く丸いものが乗っていた。そ

れはシールのように頂上に張り付き、見事に頂を覆い隠している。

俺はこの物体を知っていた。乳頭を保護するために使われる――ニプレスだ。

「あ、あのっ！　前にハジメさんに相談したじゃないですかっ！　あの後、自分で触ったりもしていたんですけど、そうしたらどんどん敏感になっちゃって、下着の裏地に擦れるくらいでも反応しちゃうようになっちゃって……それで」

赤かった顔を更に真っ赤にしながら、リーナちゃんが聞いてもいないことを答えてくれた。要は、敏感になりすぎて下着だけではつらいから、ニプレスを使うことにしたらしい。

ところで、リーナちゃんは他にも気になることを言っていた気がする。

「もしかして……一人で慰めてたの？」

自分で触っていた、ということはつまりそういうことだろう。だとしたら、ずっと相手ができていない申し訳なさで胸が締め付けられた。

だが、その確認のつもりで出した言葉を、リーナちゃんは違う風に受け取ったらしい。

「――っ!?　そ、そんなことしていませんよっ！」

サッと頬を赤らめ、わたわたと手を振って否定するリーナちゃん。どうやら自慰をしていたことがバレて恥ずかしいらしい。

その慌てた様子がどうにも可愛くて、俺は頬を緩めた。

「も、もうっ！　違いますよ？　違いますからね？」

自慰くらい誰でもするんじゃないか、と俺は思っているが、彼女にとってはトップシークレットだったらしい。しつこいくらいに身の潔白を主張している。

その様子がまた可愛くて、俺は更に頬を緩めてしまった。

「うっ……何ですか、その顔は」

リーナちゃんがジト目を向けてくる。が、そんなものは逆効果だ。ここまで抵抗されると、男は弄りたくなってくるものである。

「何でもない。じゃあ、特訓の成果を見せてもらおうかな」

弾むような口調で言いながら、ニプレスの端に指をかけた。

「特訓、って……っ!? 意地悪なハジメさんは……嫌いですっ！」

真っ赤な顔のまま頬を膨らませたリーナちゃんが、プイッとそっぽを向く。わたし怒ってます！と可愛らしく主張している。だが、空いている両腕は胸を庇うことなく、下げられたままだ。脇から侵入している俺の腕を押さえ付けるようなこともしてこない。

ピリッ、ピリッと音を立てて、ニプレスが剝がれていく。その隙間から覗く色は白から徐々にピンク色へ。形の良い乳輪が見え始めたら、頂はすぐそこだ。俺は一気にニプレスを剝がした。

「う……」

ニプレスを剝がした瞬間、リーナちゃんの身体がブルリと震えた。

俺は期待しつつ肩越しにリーナちゃんの胸元を覗き込む。すると、大迫力の爆乳と、その頂に鎮座する陥没乳首がお出迎えしてくれた。

「さてと」

まずは、このおっぱいの柔らかさを堪能せねばなるまい。

俺は両手を皿のようにして、下からおっぱいを持ち上げるように触れた。すると——

「おおっ……」

手に収まりきらないサイズと、その大きさに見合った重量。そして、何よりこの世のものとは思えない柔らかさが一気に襲いかかって来る。俺の手はすぐさま爆乳の中に沈んでいき、両乳を支えるように手を添えたつもりが、いつの間にか俺の手の方が包み込まれていた。

久々に生で触ったリーナちゃんの爆乳は、やはり最強だった。

「あ、ん……」

艶のある声を聞きながら、柔らかい感触を堪能してく。パンパンに膨らんだ風船のようにハリがある一方で、羽毛のようにふわふわな乳房は、いくら触っていても飽きが来そうにない。

俺はより柔らかさを味わうべく、両方の手を右乳房の根本の方へと腕を忍ばしていく。そして綺麗な肋(あばら)のラインを軽くひと撫でした後、両手で右乳房を挟み込んだ。

驚いた様子のリーナちゃんが俺を振り返り、互いの視線が一瞬交差する。俺がニヤリと笑うと、リーナちゃんは諦(あきら)め半分、期待半分の眼差しを向けてきた。

「いくよ」

両手で根本をぎゅっと摑み、搾り出すように巨大な右乳房を登っていく。手のひらを押し返してくる弾力は最高の一言だ。それに、俺の指で圧迫された乳肉が拉(ひしゃ)げる様子や、指の間からこぼれ出てくる柔肉が俺の性欲を刺激してくる。たまらない。

「う、あぁぁ、わたしのおっぱいがすごくエッチな形に……」

リーナちゃんが自分の両頬に手を当てて呟いた。

「それにお乳を搾られているみたいで、何だか変な感じ……んはっ！」

おっぱいを搾り上げていた手が山頂近くにまでたどり着くと、リーナちゃんの身体がビクッと反応した。胸元を覗き込んでみると、触れてもいないのに、リーナちゃんの乳首は穴の中から顔を出し始めていた。以前はほじくり返してやっと顔を出したくらいの大人しさだったのに、随分な成長具合だ。これも訓練の賜物（たまもの）ということだろう。

リーナちゃんが俺を振り返り、期待の眼差しを向けてくる。その目は、早く弱点（ちくび）を触って欲しいと語っていた。

だが、まだまだ満足していなかった俺は、リーナちゃんの様子に気付かない振りをして、山を下っていく。

「……え？」

疑問の声も聞こえない振りをして、再び乳搾りの登山を始める。感触を確かめながら職人のように丹念に、ゆっくりと。

「んっ……ハジメ、さん」

これさえあれば生きていけると思えるほどの至福の柔らかさを堪能していくと、また頂上近くまでたどり着いた。だがまだ足りな――

「ハジメさん！」

突然、リーナちゃんが大きな声を上げた。驚いて顔を覗き込むと、上気した頬と、少し困ったような、それでいて怒っているような雰囲気で、リーナちゃんが頬を膨らませていた。

「……今日は可愛がってくれるんです、よね？」

艶の入った声で問いかけながら、俺を見上げてくる。その大きな目と、整った顔、何より情欲に染まった表情が美しくて、俺の心臓が一際大きく跳ねた。

「それに、ハジメさんは意地悪なんてしない人です。わたし、信じていますから」

薄明かりを反射して美しく輝く瞳が、俺の目を覗き込んでくる。それは本当に信じ切った者の目をしていた。

ここまで期待されて、信用されて、裏切れる男がいるだろうか。

俺は爆乳を掴んでいた手を離し、両方の人差し指を立てた。その指が狙うのは勿論、リーナちゃんの弱点だ。

俺の指たちは、ピンク色の突起に向けて真っ直ぐに向かっていき、あっさりと着地した。

「んぁぁぁん！」

先程までとは違った弾力のある突起に触れた瞬間、リーナちゃんが嬌声を上げた。

リーナちゃんが身体を丸め、両腕で胸を庇いながらビクッ、ビクッと痙攣する。それでも快感を逃がしきれないのか、髪を振り乱すように首を振っている。すごい反応だ。

「だ、大丈夫？」

「はぁ、はぁ……んはぁ。こんなに気持ちいいなんて……」

うわ言のようにリーナちゃんが呟く。口は半開きのままで視点は定まっておらず、蕩けきった顔で、熱い吐息をついている。

「今夜はこれくらいにしておく？」

リーナちゃんの様子からこれ以上は止めておいた方が良さそうだと判断した。リーナちゃんのおっぱいを揉み回し、艶姿（あですがた）をたっぷりと見て高ぶっていた俺としては残念でならないが、仕方あるまい。痛いくらいに勃起している息子にも、今日は我慢してもらおう。リーナちゃんの身体の方が大切だからな。

と、そんな風に自己完結していたが、リーナちゃんは頷かなかった。

「はぁ、はぁ……ダメです。ハジメさん、こんなに大きくなって……苦しそうじゃないですか」

息を整え、再び俺の胸にもたれ掛かってきたリーナちゃんが、左右に身体を揺すってきた。

「う、あ……」

丁度リーナちゃんのお尻に食い込んだ俺の息子が刺激され、思わず声が漏れた。

「ほら、やっぱり。わたしは大丈夫ですから」

「でも、本当に大丈夫？」

「……胸さえ気をつければ大丈夫です。それに――」

リーナちゃんが両足を持ち上げ、するりと下着を脱ぎ去った。

「わたしだって、ハジメさんに気持ち良くなって欲しいんです。だから……」

リーナちゃんが俺の腕の中で動き、向きを変える。そうして俺と向かい合った後、俺の首に腕を絡ませてきた。

「ハジメさん、一緒に気持ち良くなりましょう？」

こんな言葉を耳元で囁かれて、首を横に振れるはずもない。

俺は手早くズボンと下着を脱ぎ、ベッドの下へと放り投げた。そして反り返った息子をリーナちゃんの秘所へとあてがう。

温かくて柔らかい感触。くちゅりと淫猥な音がした。

「来てください」

リーナちゃんの腕に抱き寄せられ、唇を奪われる。同時に、下半身から脳天へと甘美な電流が走り抜けた。

「んんんんんっ！」

リーナちゃんの唇からくぐもった絶叫が漏れ、振動が合わせた唇から伝わってくる。膣壁がギュウッと伸縮し、くわえ込まれた肉棒の先端がいい具合に締め付けられている。その柔らかく温かい穴を進み、やがて棒の全てが膣内へと埋没した。

「はぁ、はぁ……ん、はぁ」

リーナちゃんが俺に抱きつきながら息を荒げている。快感に耐えるようにギュッと閉じられている目が何とも可愛い。

俺はゆっくりと抽送を開始した。最初はゆっくりと動かし、リーナちゃんの反応を窺いながら徐々に速度を上げていく。

「んっ……ふぅ、あっ、あっ……いいっ……ハジメさん……」

階段を登るかのように、リーナちゃんの声のトーンが上がっていく。聞き慣れた少女の声から、艶のある女の声へと変わり、耳を蕩けさせてくる。

俺はたまらずリーナちゃんの肩を摑み、ベッドへと押し倒した。そして、覆いかぶさるようにしてリーナちゃんを見下ろす。対面座位から正常位へ。これで思いきり動ける。

リーナちゃんの顔が期待に彩られた。

「来てください」

その声を皮切りに、俺は激しく腰を動かし始めた。欲望の全てをぶつけるように腰を打ち合わせ、激しくピストンを繰り返す。パンパンと肉同士がぶつかり合う音が部屋の中に響く。

「くっ、あっ、あああぁぁぁっ！　ふあぁぁ！」

打ち付ける音に合わせて、リーナちゃんの嬌声が上がる。その身体を見下ろすと、二つの巨大な果実が動きに合わせて暴れまわっていた。絶景である。

魅惑的な光景に、思わず手が伸びる。が、触らない約束だったことを思い出して、泣く泣く手を引っ込めた。

その様子を見ていたリーナちゃんが優しく微笑み、上目遣いで口を開いた。

「……そんな顔をしないでください。ほら、いいですよ。触っても」

リーナちゃんが二の腕でおっぱいを寄せ、谷間を作って俺に見せつける。その頂点にある桜色の突起は両方とも固く尖っていた。

「いいの？」

「……ダメって言ったら、また悲しそうな顔をするんですよね？」

あははと笑いながらリーナちゃんが更におっぱいを寄せ、俺に向かって差し出してくる。我慢の限界を超えた俺は、目の前の果実へと手をダイブさせた。

「はぁぁぁん！」

マシュマロのような感触を手のひらに感じた瞬間、リーナちゃんの口から一際大きな嬌声が上がった。それとともに、膣内が轟き、俺の肉棒が激しく擦り上げられる。

「くっ……」

快感に支配された俺は、更なる快感を求めておっぱいを揉み込み、がむしゃらに腰を動かした。

「いっ、あっ、あぁぁぁっ！　すごい、ああっ、んはぁぁっ！」

一回、二回と腰を打ち付ける度に舞い上がり、天国へと近付いていく。決壊はすぐそこまで迫っている。

「……もう、出るっ」

「んっ、はっ、あああぁぁっ！　ハジメさん……ハジメさんっ！」

俺を逃がすまいとするかのように、リーナちゃんが両手両足で抱きついてくる。密着した肌からリーナちゃんの体温と、柔らかい感触が伝わり、まるで全身を優しく包み込まれたかのような幸福感に満たされる。

その瞬間、リーナちゃんの中へと子種を吐き出した。

た。

「んっ、はぁぁぁぁ……温かい」

リーナちゃんの声が耳元で聞こえ、熱い吐息が頬に当たる。その声は俺と同じで幸せに満ちてい

翌朝。もう一つの目的を達するため、近くの林道へ向かおうと、早朝のトータ村を歩いていたところ、エラルドさんとモーガンさんにバッタリ出くわした。

「おはようございます」

「おう、ハジメか。昨日は楽しかったぜ。あと、今日はまともに挨拶するんだな。てっきりまたモゴモゴと頼りねぇ返事を寄越すのかと思ったぜ」

「むし返すのは止めてください！　モーガンさんもおはようございます」

「ほっほっほ。おはようさん。お陰さんで昨日はいい酒が飲めたわい。あの……魔王（サタン）だったかのぅ？　あの五臓六腑（ごぞうろっぷ）に染み渡る味と香りは、最高じゃった」

「また飲みてぇなぁ。なぁ、ハジメ。今度帰ってくる時もあの酒持ってきてくれねぇか？　俺たちだけじゃねぇ。村の皆も喜ぶ」

「今度もハジメの奢りじゃな。何せ、国王様じゃからのう。ほっほっほ」

「ははは。それくらいなら全然構いませんよ。今度も持ってきます。今日はこのまま用事を済ませて王都に戻っちゃいますけど、またいずれ」

「おうよ。楽しみに待ってっからな」

「いつでも戻ってくるとよい。ここはお主の村じゃ。帰ってきたらまた皆で盛大に歓迎してやるわい」

「ははは。毎回あんな宴会やっていると本当にロレッタさん怒っちゃいますよ？　でも、了解です。また折を見て帰ってきます。じゃあ……行ってきます！」

「おう、気ぃつけてな！」

俺はトータ村の入り口から一歩を踏み出した。晴れ渡る空と白い雲。見慣れた空の風景が今の俺には輝いて見え、燦々(さんさん)と降り注ぐ柔らかい日差しが、まるで俺を祝福しているように感じた。

——いつでも帰ってきていい。

その一言が何より嬉しかったのだ。

第三話 捕獲

トータ村を出て、瑞々(みずみず)しい木々が生い茂る林道の風景を楽しんでいると、ぷるぷるとした物体が寄ってきた。

牛乳配達クエストの時に散々戦った魔物――スライムだ。相変わらず俺の前で楽しそうにピョンピョン跳ねている。あの頃の事を思い出して、少し懐かしい気分になった。

今回この場所を訪れたのは、こいつをボコって憂(う)さを晴らす……のが目的ではなく、新たに習得したスキルを試しに来たのだ。

それは――捕獲(テイム)スキルである。

散々エロいことをしまくってきた俺は、レベルが既に１００を突破していた。お陰で、『炎魔法』『風魔法』『隠密』『盗術』のスキルは取り切ってしまっている。

だから余ったスキルポイントで次は何を伸ばそうかと悩んだ結果、選んだのは『使役』というスキルツリーだった。

『使役』は文字通りモンスターを使役するためのスキルツリーだ。倒したモンスターを使い魔にできる『テイム』を始めとした様々なスキルが習得できる。

そして、俺がこのツリーを選んだ最大の理由は『使い魔蘇生(ファミリア・リザレクション)』というスキルの存在だ。

このスキルさえあれば、使い魔(ペット)が死ぬ心配をしなくていい。それはつまり、戦闘要員としてあてにできるということだ。

今後起こるであろう不測の事態において、間違いなく役に立ってくれる。

「そういうわけだから、大人しく捕まってくれ」

目の前でピョンピョン跳ねているスライムに向かって宣言した後、俺は戦闘を開始した。


「……あ、れ？　これ、無理ゲーな気がしてきた」

陽は南の頂点を越え、やや西の方角に傾きつつあった。日差しが最も強い時間帯だ。

スライムと戦い始めて既に六時間余りが経過している。が、未だ捕獲には至っていなかった。

この世界におけるモンスターの捕獲方法は、捕獲したいモンスターの体力を減らして捕獲スキルを使用するだけである。ただし、体力が低下した状態でないと捕獲率が極めて低い。それ故に体力を限界まで削る必要があるわけだが……

「どうやって瀕死まで減らせって言うんだよ！」

俺の顔面めがけて襲いかかって来るスライムを手で払いのける。

「ピギィィィ！」

すると、スライムは断末魔の叫びを上げて跡形もなく砕け散った。

「流石、最弱を誇るモンスター……弱すぎだろ」

参ったと両手を挙げてボヤいた。

繰り返しになるが、俺のレベルは１００を超えている。それ故に、数多あるスキルこそ取り切れていないものの、レベルアップ時の基礎上昇値だけで、ステータスがとんでもないことになっていた。

俺のキャラクターに職名をつけるなら『魔法師』か『暗殺者』あたりで、決して肉体派のキャラクターではない。むしろ対極に位置するタイプだ。しかし、それでも格下――中級程度の魔物であれば、拳一つで倒せてしまう。つまり、更に弱い下級の魔物の中でも最下層に位置するスライムが相手では、『倒さない程度の攻撃』の方がむしろ難しいのだ。

「なら、動きを見切って、上手い具合に当てればいいんだろ！」

目の前で亀のようにゆっくりとジャンプを繰り返しているスライムへと叫ぶ。

この世界にはレベル補正というものがある。相手よりレベルが高ければ高いほど、相手の動きを遅く感じるというもので、レベルアップすれば強さを実感できる大きな要素の一つになっている。

また、この世界のダメージ計算は、レトロゲームのように『攻撃力－防御力』といった単純な計算式にはなっていない。リアルさをウリにしているゲーム故に、ダメージ計算には様々な要素が絡み合っているのだ。その要素の中には当たりどころや力加減も含まれている。だから上手くやれば所謂『手加減』ができるはずだった。

スローモーションで跳躍を繰り返すスライム。その姿を視界の中央に捕らえ、タイミングを計る。

一回……二回……三回。スライムが跳ねる様をつぶさに観察した俺は、あることに気付いた。

「着地から次の跳躍まで、一秒ってところか……」

スライムのモーションパターンを見切った俺は、重心を落として身構えた。たった一秒、されど一秒。今の俺には十分過ぎる隙だ。

一回……二回……三回。そして四回目にスライムが地面を離れた瞬間、俺は猛然と駆け出した。俺の意識だけが加速した時の中で、空中へと跳び上がっていくスライムへと迫る。

シャリ、シャリと草を踏みしめる音。靴底に当たる小石。加速し、鋭敏になった感覚の中では、それらの些細な感触すら味わう余裕があった。

スライムの眼前へと肉薄し、急制動をかけて停止した。スライムを風圧で吹き飛ばすイメージを頭の中に思い描き、その思い描いた軌道をなぞるように右脚を繰り出す。自分の脚だと思えないほど、イメージした軌道にピタリと一致している。

今度こそ『手加減』が成功すると確信した。何せあとは慎重に脚を振り抜くだけなのだ——が、しかし。

「——っ!?」

跳躍した反動で若干縦に伸びたスライム。その目を見た瞬間、俺は息を呑んだ。何故かその目が笑っているように見えたのだ。

「ちょっと待て！　低い!?」

スライムの跳躍軌道を目で追っていた俺は、驚きの声を上げざるを得なかった。到達にはまだ間があると踏んでいた最大高度へ既に達し、落下軌道へと移っていたのだ。つまり、今回に限って、スライムの跳躍が異常に低かったのである。当然、着地までの時間も残りわずかしかない。

「くそっ！　何で今回に限って！」

叫んだ時点で蹴りのモーションを開始していた俺には、為す術がない。予定通りの軌跡を描いて右足がスライムへと吸い込まれていく。しかし予定とは違い、既に着地していたスライムは、向かって右の方向へと回避の動きを見せる。

「ピギィイイィ！」

結果、掠らせるはずの回し蹴りが見事に直撃してしまい、スライムは跡形もなく霧散した。

「……何でそっちに跳ぶんだよ」

蹴りが迫っているのに、その方向へと跳躍すれば、当然命中する。幼い子どもでもわかることだ。

「まったく、テンパったわけでもあるまいし……あ」

俺はふと、あることを思い出した。

通常のゲームであれば、魔物のモーションにはパターンがある。そして、そのモーションを見切って相手の攻撃を躱し、こちらの攻撃を当てにいく。これは、ゲームにおける一般的な攻略手法のひとつだ。

だが、この世界は普通のゲームなんかじゃない。

「もしかして、魔物にもＡＩＭｏｄの影響があるのか……？」

そんな仮説が頭を過ぎった。先程のスライムの動きがランダム性によるものには見えなかったからだ。

先程のスライムは、俺を騙すためにフェイントを使ったように見えた。だが、思いの外俺の動きが素早かったため、作戦は半ばで頓挫し、結果スライムはパニックに陥った。

――何となく、説明が付きそうである。

「考えすぎか。ってか、これで何匹目だ……？」

そろそろ三桁に届くのではないかと思えるほどの試行錯誤を繰り返している。

実のところ、何も最弱として名高いスライムを捕獲する必要などない。戦闘員としての能力を考えるなら、捕獲する魔物は強ければ強いほどいいのだから。

「でも、こいつだけは捕まえたいんだよな」

この世界に閉じ込められてから初めて出会い、初めて討伐した魔物が、このスライムだ。だから、俺にとって思い入れのある魔物なのだ。これがこだわっている理由の半分である。

残りの半分は――意地だ。

「絶対に捕まえてやる……！」

決意を新たにしていると、スライムが再出現を果たし、元気に跳ね始めた。が、どことなく表情が沈んでいるように見える。友人にぞんざいな扱いを受けたらするであろう表情。何故かそんな風に見えてしまった。

「……気のせいだな。さて、やり方は摑めてきたんだ。今度こそ……」

要は如何にカス当たりをさせるかである。スライムの動きを読み切り、触れるか触れないかのギリギリのラインで拳を振り抜く。それだけだ。

と、言葉にするだけなら簡単なのだが、これが案外難しい。

「うぉっと!?」

慎重に狙いをつけていたら、スライムが思わぬ俊敏な動きを見せ、足元に滑り込んできた。丁度、俺が足を踏み出した位置だ。

「ピギィィィ！」

「あ……」

見事に踏み抜いてしまい、何度目になるかわからない断末魔の叫びが聞こえた。

「うがぁぁぁ！　何なんだ、お前は！」

わざと死にに来ているとしか思えない動きに、イライラが頂点を迎えた。ドジっ子にも程がある。

「あー、もう！　って、何だこれ？」

視界の端に現れたウィンドウに気づいた。俺の顔ほどの大きさのシンプルなウィンドウだ。

「九十八……回？」

表示された内容をよく見ようと近付くと、途端に消えてしまった。

「何だったんだ……？」

見たことのないウィンドウだった。

「九十八回って……スライムを倒した回数か？」

何だそれと思い、苦笑する。その一方で、ゲーマーとして鍛えた感覚が告げていた。

これは良いことか悪いこと、どちらかの前触れなのだと。

「……どうする？」

光をまとって再出現したスライムを見つつ呟く。

良いことならもちろん歓迎だ。例えば『一定数のスライムを倒せばレアアイテムが手に入る』等なら最高である。

だが、最弱の魔物であるスライムがレアアイテムを落とすなんて聞いたことがない。スライムといえば、『弱い』『可愛い』『頑張って育てると強くなることがある』あたりが俺の持つイメージであり、それらのイメージとレアアイテムが結びつくようには思えない。

なら、討伐回数によって発生するイベントという線で考えてみると――

「……何となく想像がついた気がする」

一定数の雑魚を倒すと現れるといえば、やはりボス級のモンスターだろう。そして、こういった突発イベントに登場するボスモンスターは、何某かのレア要素を持っている。

「ヤバい。やる気が出てきた」

レアという言葉にテンションが上がらないわけがない。

俄然やる気が出てきた俺は、直線的な体当たりを繰り出してきたスライムへと拳を振りかぶった。体当たりを危なげなく回避し、すれ違いざまに裏拳を見舞う。今度は手加減なし。全力の攻撃だ。

「ピギィィィィ！」

恐らく九十九回目になるであろう断末魔の叫びが木々の間に響き渡り、弾けて消滅した。

「――っ!?」

消滅する間際のスライムと視線がぶつかる。二つのつぶらな瞳はどこか寂しそうな色を宿していて、今にも泣き出しそうに見えた。

――が、先程沈んだ表情をしているように見えた時と同じで、気のせいなのだろう。

「気のせいなんだろうけど、何かこう……罪悪感が」

一回や二回倒す程度なら恐らく何とも思わなかった。だが、生きているとしか思えない相手を何度も繰り返し倒し続けていると、意外と心に刺さってくる。それがただの魔物であり、プログラムによって動いているだけの存在だとわかっていても、目の前で元気に跳ね回る相手を0と1で形作られたデータの集合体に過ぎないと割り切ることはできそうになかった。

「……いや、今はそんなことより」

首を強く振って思考のスパイラルから抜け出し、空中へと視線を移した。

「九十九……やっぱりな」

予想通り現れていたウィンドウには、これまた予想通りの数字が表示されている。しかも、白色だった文字色が赤色になり、点滅していた。明らかに次で何かが起こると思わせるような演出だ。

「さて、と……」

半日近く眺め続け、もう飽き飽きしていた再出現の光。それが、今回ばかりは期待に胸が膨らんでいく。

「さぁ、どんなレアな魔物が出現するかな」

拳を握りしめながら呟く。そして再出現の光が収まった瞬間、俺は駆け出――そうとした。

「……え？」

前傾姿勢のまま、間抜けな声が口をついた。それほどまでに予想外な光景が目に飛び込んできたからだ。

淡い光が波のように引いていき、先程までと寸分違わぬスライムが登場する。そこまではいい。

だが、それからの行動は俺の理解を超えていた。スライムは俺には見向きもせずに手近な大木のもとへと駆け寄り、その大木に向かって体当たりをし始めたのだ。

「何を……しているんだ？」

痛々しい音が林の中に響き渡る。幹にぶつかる度にスライムの輪郭が崩れ、べちょりと液状化して地面にずり落ちる。暫くすると元に戻り始め、原形を取り戻すと、再び木に体当たりする。その繰り返しだ。

「お、おい……大丈夫か？」

討伐対象である魔物相手に思わず心配の声を掛けてしまうほど、見ていて痛々しい自傷行為だった。

回を増すごとに潰れた状態からの復帰が鈍化し、元の形に戻りきらなくなっている。そうして、誰が見てもボロボロの状態になって、ようやくスライムは体当たりを止めた。

瀕死という言葉をそのまま体現した姿のスライムがこちらを振り返る。そして草むらの中を這って俺の足元に近付いてきた。

「え、えっと……」

スライムは俺の足元でグッタリしたまま、動きがない。俺を襲うわけでも、逃げるわけでもなく、何かを待つようにじっとしている。

その姿を見て、もしやと思った。

「……お前、もしかして俺に捕まえてほしいのか？」

考えてみれば、今の状況は捕獲に最も適した状態だ。瀕死、射程内、動かない対象。全ての条件が見事に整っている。

スライムが力を振り絞るようにして、一際大きく震えた。その動きはまるで頷いたように見えた。

「そうか」

あと一匹。このスライムを倒せば、恐らく何かが起きる。見たこともないようなレアな魔物が登場し、何らかのボーナスが得られると予想している。

だが――

「じゃあ、本当に捕まえるからな？」

捕獲スキル『テイム』を発動し、捕獲用の縄を実体化させた。そして間髪(かんはつ)を入れずに縄を投げる。

縄はまるで生きた蛇のようにスライムに巻き付き、そのボロボロの身体を縛り上げていった。

そして、スライムが眩(まばゆ)い光に包まれると、次の瞬間には耳元で電子のファンファーレが鳴っていた。続いてメッセージウィンドウが開く。

――スライムＬｖ１を捕獲しました！

呆気(あっけ)ないほど短い時間の出来事だった。

「ピギィ！」

鳴き声につられて足元を見ると、すっかり傷の塞がったスライムが元気に跳ねていた。その頭上に浮かんでいる『スライム』という文字は、赤から緑色に変化している。間違いなく捕獲は成功したようだ。

「よし。でも、あの数字の意味は結局わからないままだな」

あと一匹倒せば何かが起きる。そう確信して、周囲を見渡してみるが、スライムが再出現する気配はなかった。

「また探し直しか……ん？」

足元を見ると、捕まえたばかりのスライムが擦り寄ってきていた。頬ずりをするように、俺の足に身体を擦りつけている。周囲に音符が飛び回りそうなくらい嬉しそうだ。

「まぁ、いっか。帰ろう」

スライムの無邪気な姿を見て毒気を抜かれた俺は、スライムを肩に乗せて王都へと転移した。

××××

「あの後、大変だったのよ？」

「ははは……。たまには勘弁してよ。それに、その騒動のお陰で、こうしてエローラさんとゆっくりしていられるんだから」

「ふふふ、そうね。それで、村の皆は元気にしてたかしら？」

「変わりなく元気そうだったよ。むしろ賑やか過ぎる歓待を受けて困ったくらい。あ、エローラさんの後はエラルドさんが引き継ぐことになったみたいだよ……って、知ってるよね」

エローラさんは微笑を浮かべたまま答えを返してこない。が、これは明らかに知っている顔だ。

「あとは、リーナちゃんにも会ったよ……って、まさか、トータ村でリーナちゃんと会ったのってエローラさんの差し金じゃないよね？」

ふとその可能性に気付いた。

リーナちゃんは村長継承の儀を行うために村に派遣されたと言っていた。しかも、前日には村に到着しろとのお達し付きで。あと、本来なら自分のような見習いが派遣されることはないとも。偶然にしては少々、いやかなり不自然だ。

「まさか。私、神事はさっぱりよ？」

エローラさんが、まるで何もわからないと言いたげに肩をすくめた。

だが、俺は知っている。神官長の座が空席になっている今、神事を含めた城内全ての業務を取り仕切っているのはこの人だ。知らないはずはない。

目を細めてエローラさんの目を覗き込む。すると、途端に目を逸らされてしまった。

「そんなことより、折角(せっかく)時間が取れたんだから、二人の時間を楽しみましょう。あ、でもその前に」

俺の肩に寄りかかっていたエローラさんが身体を起こし、わざわざ俺の正面に向いてから続けた。

「革命の日から今まで、ずっと王都復興のために駆け回っていたから、ちゃんとお礼が言えてなかったわ。本当にありがとう」

律儀に頭を下げ、ひと呼吸おいてから、エローラさんが続ける。

「ハジメさんが来てくれなかったらずっと牢屋の中だったと思う。サイモンじゃなくて、悪魔ーー痛たっ⁉」

「え⁉　どうしたの？　エローラさん⁉」

頭を押さえてよろけたエローラさんの両肩を慌てて摑み、支えた。その肩は寒くもないのに少し震えていた。

「本当にどうしたの？　大丈夫？」

「ええ、ちょっと取り乱しちゃっただけ。気にしないで」

取り繕うようにそう言った後、エローラさんは言葉を続けた。

「貴方が助けに来てくれて、本当に嬉しかった」

エローラさんから届く真っ直ぐな想い。そして、その慈愛に満ちた宝石のような美しい瞳に、俺は心を奪われた。

返事の代わりに、俺はエローラさんの肩をそっと抱き寄せた。そして、目を閉じて口づけを交わす。

「ん……」

エローラさんも積極的に受け入れ、舌を絡めてくる。

互いの口内をなめ尽くし、唾液を交換したところで顔を離した。

「さっそくベッドに行く？」

俺に抱きついた姿勢のまま、エローラさんが耳元で囁いてくる。

ふっと耳に息が吹きかかってきて、俺の愚息が勝手に反応してしまう。

「もうこんなになってるんだから、ね？」

ズボンにできたテントを見ながら、蠱惑的な笑みを向けてくる。

その瞳からは情欲が溢れかえっていた。

「待った。その前に風呂に入らない？　まだ入ってなくてさ」

俺は無意識に首を縦に振ろうとしたのを何とか止め、ある計画を実行するためにそう誘った。

「あら。まだだったのね。なら入ってらっしゃい。私はここで待ってたらいいかしら？」

「ううん。折角だから、一緒に入らない？」

「ふふふ、いいわよ。一緒に入るなんてほんと久しぶりね」

俺は嬉しそうに笑うエローラさんの手を取り、浴場へと向かった。


「ハジメさん……？　これはよくないわ。やめましょう？」

「だーめ」

「リーナの件は黙っていて悪かったわ。少しくらい驚きがあった方が、お互い楽しめると思ったのよ。それに、リーナもかなり抱え込んでいたみたいだし」

「うん、それは知ってる」

浴場へとやってきた俺たちは、互いに服を脱がせ合い、タオルで身体を覆って浴室に入った。

間近にいるエローラさんの背中は美しく、アップにまとめた髪がとても良く似合っている。

浴槽から立ち昇っている湯気にあてられて上気したうなじが、女性らしさを際立たせていた。

「良い判断だったと思うよ。むしろこっちが感謝しなきゃいけないと思ってる。でも……もう一つの方は別」

俺が手でサインを出すと、閉じていた浴室の扉がひとりでに開き始めた。そして僅(わず)か数センチほどだけ開いて止まる。

「エローラさんのアドバイスはいつも的確で、凄いなと常日頃から思っているんだ」

話の流れを読んだのだろう。エローラさんは固く身構えている。

「だから、サクラへのアドバイスもきっと的確で正しかったんだと思う。でもさ、どんな完璧なアドバイスも、聞き手が理解できていなければなんの意味もないわけで」

エローラさんは自らの家のメイドであるサクラに対して、度々『殿方は尻に敷くくらいが丁度よい』とアドバイスしていたらしい。そのアドバイスを字面通り受け取ったサクラは、以前俺を屋敷に招いた際、本当に尻に敷いてきたのだ。物理的に。

「あれは中々得難い経験だったよ」

パチンと指を弾いた。すると、開いたドアから靄(もや)のようなものが立ち込め、続いてスカイブルーの粘性体が姿を現す。

「だから、エローラさんにも是非、得難い経験をしてもらわないとね」

笑顔で振り返り、逃げ腰になっているエローラさんの腕を取った。そしてそのまま体勢を入れ替え、後ろから羽交い締めにしてしまう。

「まさか、サクラがそんなことをするなんて思ってなかったのよ」

「だろうね。だからそんなのは建前で、本音はこういうプレイをしてみたかっただけ。そう思って諦めてくれると嬉しい」

羽交い締めにされて身動きが取れなくなっているエローラさんの目の前には、俺が今日使い魔にしたゼリー状の怪物——スライムがいる。

これからやろうとしているのは、何を隠そうスライム姦である。

「でも、これは流石に怖いわ……」

「大丈夫。確実に危険はないから、安心して」

リーナちゃんと同じで、エローラさんにも相当寂しい思いをさせてきた。エローラさんはできた人だから、口に出さないだけなのだ。

だからこそ、このスライムプレイはエローラさんが楽しんでくれなければ意味がないのだ。

ちなみに、スライムに襲わせるといっても、これは『異種姦Ｍｏｄ』を使ったプレイなので、取って食われたりはしない。

それにこいつは使い魔なので、主人である俺の命令には絶対服従である。

「わ、わかったわ。でも、やっぱり怖いから、ハジメさんの顔が見えるようにしてくれないかしら。もう逃げたりしないから」

「了解。じゃあそこに寝てくれる？」

解放すると、おずおずとエローラさんが大理石で出来た床に横になった。

俺はその横に膝をつき、安心させようと手を握ってあげる。

それだけで、エローラさんの顔が少し和らぐ。

「ひどい人。女性にこんな事をさせるなんて」

口ではそう言いながらも、少し興味が出てきたらしい。俺を責めるような声色ではなかった。

「たぶん気持ち良くなれるから、期待してて」

「もう……」

諦めたように呟きながらも、エローラさんの全身から力がすっと抜けた。

俺を全面的に信用してくれているその態度を嬉しく思いながら、待たせていたスライムに指示を出す。

スライムはどろりと溶けるように形をなくし、より液体状になって浴室の床を侵食していく。わずか数秒で人一人を優に飲み込めるサイズまで広がったスライムは、寝そべったエローラさんの美脚に這い寄った。

そしてそのまま包み込むように上へ上へと這い上がっていく。

「んふぅ……変な、感じね」

首から下を半透明のゼラチンに覆われたエローラさんが、そんな感想を漏らした。

まるで透明な布団を被っているような不思議な光景だ。

「じゃあ、いくよ？」

エローラさんが微かに首を縦に振ったのを確認して、俺はスライムに次の指示を与えた。

途端に、ゼリー状の布団がうねうねと蠢動する。

「く……ふぁ。これ凄いわ、ね……。全身をマッサージされてるみたい。ちょっと気持ちいいかも。身体が温かくなってきたわ」

最初は安心させるため、ふくらはぎや肩といった性感の弱い場所を刺激するように指示を出した。

そのため、マッサージのように感じたのだろう。

こういう細かい指示が出せるのは流石エロＭｏｄといったところか。

でも、これではつまらない。

俺はエローラさんの艶姿を見たいのだから。

そのためにはまず、エローラさんの身体を守るタオルが邪魔だ。

「エローラさん、タオル取っていい？」

「……もう、そんな目で見られたら嫌って言えないじゃない。でも、どうやって取るのかしら」

「こうするのさ」

パチンと俺が指を鳴らすと、スライムの動きが一旦止まる。

そしてそのまま数秒待つと、目に見えて変化が現れだした。

「うそっ⁉　溶けて……る？」

「その通り」

エローラさんの身体を覆う厚手のタオルが、徐々に薄くなってきている。

やがてピタリと張り付いた薄布になってしまい、その美しいボディーラインがくっきりと浮き出てきた。

呼吸に合わせて上下する双球の中央には、桜色の円がはっきりと見える。

下半身に目を向けると、少し盛り上がった土手が見え、整えられた恥毛が確認できた。

まるで透け透けの水着みたいになってしまったのを見て、俺は予定を変更した。

この隠しているのに丸見えという嫌らしさに目を奪われてしまったからだ。

「ここでやめるなんて……もう、ハジメさんったら、エッチね」

エローラさんが頬を染め、俺の視線から逃れようと身体を捩(よじ)っている。

だがスライムに捕らえられた状態では微かに震えるだけだった。

その姿は正にまな板の上の鯉(こい)。

抵抗できない女性に好き放題するのが嫌いな男などいまい。少なくとも俺は大好きだ。

自分の下半身に巻いたタオルが盛り上がってくるのを感じつつ、俺は次のステージに進むことを決めた。

「じゃあ、本番いってみようか」

「え？」

俺が指を鳴らすのと、エローラさんが疑問の声を上げたのは同時だった。

次の瞬間、スライムが再び活動を始める。

今度は手加減なし。感じさせるための動きだ。

「う、うそ……。んぁ、おっぱいが……はぁん！」

透け透けのタオルに包まれた乳房がまるで手で揉まれているかのようにムニュリと形を変える。

その先の方、少しずつしこってきた肉突起が右へ左へと踊る。

それはまるで見えない手に弄ばれているかのようだ。

「ふぅ……くはぁん。あん、舐められて、吸われてるみたい……んぁぁ」

自在に変形する美巨乳。その頂上で自己主張を始める乳首の変化をじっくりと観察する。

まるで生き物のようにピクリピクリと動きながら次第に大きくなっていくのは、どこか神秘的に思えた。

やがて乳首は、透けたタオルを突き破るんじゃないかと思うほど大きく勃起した。

そしてスライムは手が二本しかない人間と違い、複数の箇所を同時に責める事ができる。

エローラさんの閉じられていた足が徐々に広がっていき、付け根にある秘所が露わになっていく。

その隙間に入り込むようにスライムがタオルの裾部分から侵入を果たし、敏感な二枚貝を覆ってしまった。

「んはあああん！　下も同時になんて……くふぅぅぅ。クリが痺れ……あはあああん！」

股間に張り付いたスライムが器用に割れ目を開き、女性の急所である肉豆の根本に巻き付く。

包皮に包まれていたクリト○スはあっさりと顔を出し、喜びに震えていた。

その普段は見ることができない女体の神秘を間近で観察して、俺も興奮が高まってくる。

「はぁぁぁん。これ、すごっ……んはぁ。乳首が……クリが気持ち良くて、あぁぁぁぁん！」

美巨乳が揉み込まれ、先端に向けてぎゅうぎゅうと扱き上げられていく。

とろけるような柔らかさを誇るその果実が、まるですっぽりと口に咥えられ、激しくしゃぶられているかのように震える。

下半身では秘所を割り開かれ、敏感な肉豆が踊っていた。

その下にある膣口からは、蜜汁が溢れてきている。

そんな上下二箇所の責めに、エローラさんの身体は時折ピクンと跳ねていた。

性感帯を一方的に嬲られて身体が悲鳴を上げているのだろう。

でも、こんなもので満足してもらっては困る。

スライムの本領はここからなのだ。

「感じてくれているところで悪いんだけど、次行ってみようか」

「んあ、はぁん……っ、次？　はぅん！」

「もちろん、中さ」

エローラさんが何かを言うよりも、俺が指示を出すほうが早かった。

スライムが喜びの声を上げるように一際大きく蠢動し、割り開いていた肉貝にひっそりと息づいている蜜穴へ、ずぶりと入っていく。

「んはうっ!?　入って……膣内にどろどろしたものが……はぁぁぁぁん！」

粘つく液体の塊が、繊細な膣口粘膜をヌルヌルと舐め上げながら侵入していく。

蜜壺を押し広げていくスライムは透明だ。だから徐々に広がっていく中身が俺には丸見えになっている。

ピンク色のうねるヒダヒダが最高に気持ち良さそうだ。

責められる箇所が増え、エローラさんは息も絶え絶えになっていた。

だがまだ肝心の部分が残っている。

膣の奥に眠るエローラさんの弱点だ。

そこを嬲り尽くせば、エローラさんは喜びで絶叫するに違いない。

そう確信している俺は、膣口近くを嬲っていたスライムに更に奥へと侵入するよう命令を出そうとした……が、その直前に慌てた様子のエローラさんの声が聞こえてきた。

「ああん！　ちょ、ちょっと待って！　んぁぁ、はぁはぁ……」

「どうしたの？　これからもっと気持ち良くなれるのに」

「気持ち、はぁはぁ……いいのは、ふぁ、わかったわ。でも、んっ……こんな魔物でじゃなくて、ハジメさんを感じながらイキたいのよ。ダメ、かしら……？」

まるで初(うぶ)な少女の様な願い。

そんな可愛らしいエローラさんのお願いにノーと言えるはずがなかった。

「じゃあ、一緒に気持ち良くなろうか」

「ええ。来て頂戴(ちょうだい)。貴方のたくましいモノで私を満たして……！」

エローラさんの身体を覆っていたスライムが裂けていき、代わりに下へと滑りこんで柔らかく身体を持ち上げる。即席マットの完成だ。

そして、俺が挿入しやすいように腰を少し持ち上げてくれているエローラさんの蜜穴に向かって、一気に愚息をねじ込んだ。

「はあああぁぁぁぁん！」

エローラさんが目をぎゅっとつむり、股間が跳ね上がって高く突き上げられ、大きく開いた太ももの筋肉がピンっと緊張する。

それと同時に俺の愚息がうねうねと揉み上げられ、甘美な刺激が襲ってきた。

「イっちゃったの？　まだ挿入しただけなのに」

「はぁはぁ……んはぁ、はぁ。当然、よ……んふぅ。ハジメさんが抱いてくれるのをずっと待ち焦がれていたんだから」

蕩けきった顔で俺を抱き寄せ、キスをしてくる。

優しいキスからエローラさんの愛情が伝わってきた。

「ん……。だから寂しかった分、もっと貴方を感じさせて。何も考えられなくなるくらい、貴方で満たしてほしいの」

目を細め、優しく微笑むエローラさんは聖母のようだ。

ただひたすら俺に愛情を注いでくれる。

俺はその大きな愛情に身体で応えることにした。

「あん、んっ……はぁん！　そう！　あん、イイ。やっぱり、ハジメさんのが……イイのぉぉぉ！ふあぁぁぁぁん！」

エローラさんのくびれた腰を掴み、愚息を突き上げていく。

それに応えるように、エローラさんの膣内がうねり、愚息をしごいてくる。

まるで肉棒がエローラさんに抱きしめられているような感覚だ。

興奮が高まっていた俺の愚息はすぐ暴発寸前になった。

このままでは先に果ててしまうと感じた俺は、活動を停止していたスライムに応援を頼む。

早速スライムがエローラさんの上半身に伸びていき、突き出た豊満な乳房を揉み上げてくれた。

「んっ!? はぁん！ おっぱいも……んはぁ！ いいわ、気持ち良くして……あん、乳首ぶるぶるって……んふぅぅぅぅ！」

突然の責めにも動じず、エローラさんは受け入れてくれる。

でもその余裕の態度はいただけない。

だから俺は弱点の子宮口に狙いを定め……突き抜いた。

「んふぁぁぁぁぁぁぁぁ！ 奥っ！ あん、あああん！ ひぃああ！ んはあああ！ そこ、駄目よ！ ふひぃぃぃぃぃ！」

一気に声のトーンが高くなる。

のの字を描くように腰を回し、肉棒の先端で子宮口をねぶり尽くす。

子宮をぐにゅりと潰す度に、エローラさんの腰が大きく跳ねた。

「それ、イイ！ 気持ち……あああああん！ いいのぉぉぉぉ！ 赤ちゃん部屋の入り口弄られて、んふぅ……感じるぅぅぅぅ！」

ずずずと愚息を引き抜いていくと、まるで別れを惜しむかのように、エローラさんの子宮口がついて来る。

最奥から少し引いた位置で止まると、まるでしゃぶりつくように子宮口が亀頭を咥えこんで来た。

「んぁ……はふぅ。感じすぎて……子宮が降りちゃってるわ。んんんっ！　もっと貴方を感じたいって、ふぁぁ、貴方に、ああん！　縋(すが)り付いちゃうのぉ！」

快感に震えるエローラさんの中は、俺に至高の快楽を与えてくれる。

その痺れるような肉悦で、俺の思考も段々とぼやけてくる。

あとは獣になったように激しく腰を打ち付けた。

弱点の奥壁に欲望を叩きつけていく。

「あん……ああん、あひぃぃぃ！　イクっ……もう我慢できないの！　イクわ！　あふぁぁあ、はぁん！　だからハジメさんも……んはあぁぁぁぁ！」

「くっ……はぁ。出すよ！　中にっ！　一番奥に出す！」

「来て、来て、来てぇぇぇぇ！　子宮にたっぷりハジメさんの精子を注いでほしいの！　もっと貴方色に染めて！　はぁぁぁぁん！　イクっ！　イっちゃう！　あん、あん、ああああん！　くひぃ……イっくうううううう！」

「くううう、はあああああ！」

一際大きく奥まで肉棒を突き入れ、子宮の入り口に肉先がしっかりとはまり込んだ快感に全身を震わせながら、白濁液をぶちまけた。

深く繋がったままの射精は途轍もない快感をもたらし、俺の意識を官能の彼方へと吹き飛ばす。

「あああぁぁぁぁ！　出てる……出てるわぁぁぁ！　貴方の熱いのがぁ！　ふあああああ！」

エローラさんが、まるで膣内射精の脈動をそのまま増幅させたように、その美しい身体をビクビクと波打たせている。

同時に大量の潮が吹き出てきた。

「くふぁぁぁぁ……」

腰が砕けるような快感に脱力し、俺はエローラさんの上に倒れこむ。

未だ快感に震えているエローラさんがそんな俺を抱きとめてくれる。

そうしてしばらく官能の余韻を味わった。

××××

快感の波が引いた後、そのままの流れで俺とエローラさんは一緒に入浴することになった。

そうやってまったりしていたところに、ふと疑問を思い出したので聞いてみる。

「そういえば、何でコルネリアが結婚宣言したのかがよくわからないんだけど、理由わかる？」

その疑問を投げかけた途端、エローラさんの眉がハの字に寄せられた。

どうやら失敗だったらしい。

「……もう。こんな時に他の女の子を話題に出すのはマナー違反よ？」

「そうだったね。ごめん……」

ハーレム状態でつい忘れそうになるが、この世界の女性にも嫉妬という感情がある。

だから迂闊なことを口にした自分を殴りつけたくなった。

「まぁいいわ。陛下がハジメさんに好意を寄せるようになったのは、たぶん貴方が叱ってあげたのが原因じゃないかしら」

「叱るって……あれはただ苦痛を与えただけだったような……？　それで何故ああも態度が変わるの？」

「陛下はたぶんあなたに父性のようなものを見つけられたのよ。蝶よ花よと育てられ、敬われてきた陛下にとって、叱ってくれる存在は……亡くなられた王様とあの人しかいなかったのでしょうね。だからあの人にはよく懐かれていたのを覚えてる」

懐かしむようにエローラさんが目を細める。

あの人というのは、エローラさんの亡き旦那さんのことだろう。

「誰も自分に向き合ってくれないと感じて、寂しい思いをしていたんでしょうね。でも私はそんな陛下を見捨てて王都を出てしまった……」

話を聞いていて、今まで聞いていた事が色々とつながってきた。

たぶん、構ってもらいたくて、叱ってもらいたくてエローラさんの亡き旦那さんに無茶ばかり言っていたのだろう。子どもらしい悪戯心だったに違いない。

でも、女王の言葉だ。その言葉は……重い。

それが最悪の結果を生んでしまった。エローラさんから話を聞いた限りでは、相当人の良かった元財務長だ。その無茶な願いに応えようと身を粉にして働いてしまったのだろう。その結果が、過労死だった。

そうして、父のように慕っていたクリフォードを亡くし、悲嘆にくれたコルネリア女王は、周囲に向ける言動が益々傍若無人になっていった。

その一方で、元宰相であるサイモンがその荒れたコルネリアをうまく操り、傀儡に貶めた結果、この国は荒れ、革命が起きるに至った。

——という『設定』だ。

こう聞くと、本当に不自然さの少ない『設定』だな、と言葉に出しかけて飲み込んだ。

この世界で生きるエローラさんたちＮＰＣにとっては、その『設定』こそが過去であり、現実なのだから。

「コルネリアを今でも恨んでる？」

俺は意識的に『設定』という言葉を頭の中から追い出して、懸念を口にした。

すると、エローラさんは一瞬何かを言おうと口を開きかけたが、言葉を発する前に口を閉じた。

それはまるで、誰かに無理やり口止めされたかのような、不自然な態度だった。

「どうかした？」

「……いいえ。なんでもないわ。あの人が亡くなったのは誰のせいでもないと思ってるわ。私が陛下を恨んでもあの人は喜ばないでしょうし、たぶん笑って許してやれって言うんじゃないかしら」

そう言って微笑むエローラさんは、どこか寂寥(せきりょう)を感じさせる微笑みを浮かべた。そして、その鬱屈(うっくつ)とした空気を振り払うかのように首を振ったあと、陰りを感じさせない真っ直ぐな瞳で俺を見つめてきた。

「だから陛下を救ってくれたハジメさんには、言葉で言い表せられないくらい感謝しているのよ？　さすが私の旦那様」

「え？」

「え？　じゃないでしょ？　陛下と結婚するなら、もちろん私も貰(もら)ってくれるのよね？　だからそこは格好良く抱きしめながら『愛してる』って言ってくれないと駄目じゃない」

朗らかに笑いながらエローラさんが俺を抱きしめてくる。

そんな積極性に俺はたじろぐばかりだ。

「ハジメさん……愛してるわ」

気の利いた言葉が浮かばなかった俺は、そっとその唇を塞いだ。

その幸せを噛み締めながら、いつまでも口づけを交わし続けた。

第四話　平穏

今日も今日とて書類仕事。

でも昨日までに比べて量が減った分、とても楽になった。

やはり我慢は良くないと思い知った。何事もイエスマンでは駄目だ。ノーと言える人間だけが快適な生活を手に入れることができるのだ。

「本日の昼食は、こちらでよろしいでしょうか？」

「却下」

というわけで、さっそく目の前にいるサクラにノーを突きつけてやった。

そのサクラが手で摑んでぷらーんと下げているのは——子犬である。

何処をどう見ても子犬だ。

遊んでもらってると思っているのか、その子犬は嬉しそうに舌を出している。

「何故でしょうか？」

「いやいやいやいや、おかしいだろ！　確かに食べれないことはないんだろうけどさ！　駄目だろ！」

「……よくわかりません」

「あーっ、もう！　とにかく却下だ、却下！」

普段は優秀なくせに、こうして時々ズレた感覚を披露する。サクラの思考回路が一体どうなっているのか覗いてみたいところだ。

「せっかく城内で食料を発見したと思ったのですが……仕方がありません。この非常食は処分して参ります」

「ちょ!?　ちょっと待った！」

とんでもない事を言い出すサクラを慌てて止める。

「何でございましょうか？」

本当にわからないという顔でサクラが振り返った。子犬は抱かれたまま、サクラの顔を見上げている。

「いやいや！　処分も駄目だろ！」

「……？　この非常食は勝手にこの城へ侵入した不届き者でございましょう？　ああ、なるほど。食料庫に入れておくということでございますか？　でしたら解体――」

「待った！　それ以上は言わなくていい！」

駄目だ。俺から見れば可愛らしい侵入者であるこの子犬も、サクラにとっては文字通りの侵入者でしかないらしい。だから排除が前提にあって、ついでに食料として活用しようとしている。ある意味合理的と言えなくもない。

だが、俺はそんな合理性など求めちゃいない。理屈ではなく感覚、もっと言えば感情の問題なのだから。

「……そうだ！　飼い慣らしてみたらどうだ？」

引き止める理由を探して、ふと思いついたことを提案してみた。

「飼う……で、ございますか？　この非常食を？　なるほど。確かにそれなら何時でも新鮮──」

「だから、それ以上は言わなくていいって言っているだろう!?　何でそんなにスプラッターにしたいんだよ！」

「……？」

何もわかっていない様子のサクラに俺は頭を抱えたが、直ぐに気を取り直した。飼うとなれば、取り敢えずこの子犬は生き延びられる。後のことは後で考えればいい。

「で、どうだ？」

「飼うという行為は初めてなので、よくわかっておりませんが、あのような感じでございましょうか？」

サクラの視線を追うと、そこには黙々と仕事に励んでいるエローラさんがいた。その肩にはゼリー状の物体が乗っていて、時折もそもそと動いている。そのゼリー状の物体が動く度にエローラさんが「いいわ、この子」なんて言いながら頬を緩ませていた。

エローラさんの肩に乗っているのは俺の使い魔のスライム、もといスラ丸である。

ちなみにその名前をつけたのはエローラさんだ。

「……大体あってる」

「わたくしは肩こりに悩んでおりませんので、特段飼う必要はないかと存じますが」

どこまでもピントがズレた合理主義的な反応が返ってくる。

サクラらしいと言えばそうなのだが、その考え方を少しだけでいいから変えて欲しいと思っていた。

サクラにも、周りの皆みたいに活き活きとしていてほしい。

それに――

「んー……、前コルネリアに手を掛けなかった時、よくわからないって言ってただろ？」

先日の革命で俺がコルネリアと対峙した時のことだ。その時、俺は敵であり、排除すべき対象であったはずのコルネリアを手に掛けなかった。それは言葉にし難い感情に依るものなのだが、サクラにとっては、その非合理的な判断が理解できなかったらしい。終始疑問の表情を浮かべていた。

「その子を飼えば、答えがわかるかもしれない」

動物の世話をすることで、色々なことを学べると聞いたことがある。加えて、暮らす内に様々な経験をすることになり、次第に情が移ることもあるだろう。そうすれば、革命の時に俺が感じた『殺すには忍びない』という感覚も、少しは理解できるかもしれない。

――というのは後から思いついたこじつけ気味の理由で、実際の所はこの子犬をこんがり焼いてしまうのを避けたかったからだ。

「左様でございますか」

どうやら納得したらしい。サクラがぶら下げるように摑んでいた前足から両手を離し、丁寧に抱き上げた。

柔らかいエプロンドレスに包まれて安心したのか、子犬がふぁぁと欠伸をしている。

「ですが、どうすればよいのでしょうか」

「とりあえず寝床を用意してやったらどうだ？　部屋ならいくらでも余ってるだろ？」

馬鹿みたいに広い城なのだ。子犬に部屋を与えるくらい余裕である。

「なるほど。では先に閉じ込める檻を用意して参ります」

「待った！　えーっと、そうだな……子犬は放し飼いが基本らしいぞ？　それに、俺たちが住むような部屋でいいらしい。賢い分、デリケートな生き物で、檻なんかに閉じ込めると直ぐに衰弱するんだ」

「なるほど、そうでございましたか。では、行って参ります」

我ながら適当過ぎる説明だと思ったが、サクラは感心するように頷いた後、子犬を抱えたまま退室して行く。その頃にはもう子犬は寝息を立てていた。

「ふぅ……危なかった」

昼食に子犬の丸焼きが並ぶのを何とか回避できたため、安堵の息が漏れる。

そして、サクラと入れ替わるようにコルネリアが入ってきた。

姿を見なくてもわかる。ノックをせずにこの執務室に入ってくるのはコルネリアだけだ。

「夫殿！　見て欲しいのじゃ！」

「おっと」

まるで体当たりをするかのように俺の身体にダイブして来たコルネリアを抱きとめる。

毎度のことなので慣れてしまった。

「今日は絵を描いてみたのじゃ！」

「へぇぇ。どれどれ」

ジャーンと見せてきたコルネリアの絵は中々の出来栄えだった。

このランドール城の中庭に咲いている花々を描いたらしい。

庭師が毎日手入れしてくれている色とりどりの花々が、水彩で美しく描かれていた。

でも、それを褒める前に一言言いたくなった。

「……で、何か俺に言う事があるんじゃないか？」

「な、なんじゃ？　中々の出来であろう？　ほら、早く褒めてほしいのじゃ」

目を左右に揺らし、首をそっぽに向けながら、コルネリアが見事な絵をズイッと近づけてくる。

俺はその顔を摑み、無理やりこちらを向かせた。

「なぁ、俺は今仕事中なんだ。それも誰かさんの代わりに、だ。そんな俺に向かって『遊んできました』なんて嬉しそうに言うのはどの口だ？　あん？」

コルネリアのぷっくりとした柔らかい頰肉を摘み、思いっきり両側に引っ張ってやる。

実によく伸びる頰だ。

「いたひ！　何をするのらー！」

「何？　よく聞こえないなぁ」

涙目になっているコルネリアの抗議を聞き流し、俺はコルネリアの顔で遊ぶ。餅のように柔らかくてよく伸びるので触り心地がいい。

コルネリアが音を上げるまでたっぷりと弄んでやった。

「ひ、ひどいのじゃ。わらわの顔を何だと思っているのじゃ！」

「いやー、触り心地がよかったからつい。で、ほっぽり出している仕事をやる気になったか？」

ぶすっとしながら頬を撫でているコルネリアに現実を突きつけてやる。

こいつのせいで、俺は今苦しんでいるんだからな！

「い、嫌じゃ。わらわは遊びたいのじゃ」

このくらいの年頃の子どもなら当たり前の欲求だ。それはよくわかる。

でも、王族の責務を放り出すのはよくない。たとえ俺がよくても、周りがどう受け取るかはまた別なのだ。

だから心を鬼にして言う。

「駄目だ。さっさと仕事をやれ」

「嫌じゃ。それにわらわは知っているのじゃ。夫殿もサクラの目を盗んで、今朝どこかに行っていたことを！」

まるで名探偵のようにズバリとこちらを指さしながら、コルネリアが指摘してくる。

「くっ……いや、あれはな」

そう。俺も転移魔法を使ってこっそり出かけていた。

スライム以外にも色々な使い魔を捕まえて戦力を増強するためである。今朝も数匹捕まえてきた。

でも、そんな理由を言ったところでコルネリアは納得しないだろう。

困った俺は、黙々と仕事を続けているエローラさんに助けを求めることにした。

「エローラさんからも何か言ってやってよ」

「んー？　あぁ、そこ！　それいいわ！　スラ丸ちゃん上手ね。お陰で肩こりとは無縁になりそう。助かっちゃう」

聞こえている筈なのに、返事は返ってこない。

エローラさんの言うことならコルネリアは素直に聞くというのに、あの態度は我関せずの構えだ。

仕事に関しては大変厳しいエローラさんだが、子どもにはあまり厳しいことを言わない主義らしい。エローラさんはコルネリアにダダ甘だった。

「褒めてくれたら大人しく座ってもいいのじゃ」

がっくりと肩を落としていた俺を、コルネリアが神妙な顔で見上げてきた。

「……本当だな？」

「も、もちろんじゃ！」

一瞬目をそらし、言葉に詰まるコルネリア。今にも口笛を吹き出しそうな態度からして、約束を守るのか正直疑問だ。だが――

「――くっ！」

黒色のクリっとした目で期待の眼差しを向けてくる。幼い見た目も相まって、子猫のような愛らしさだ。加えてどこか縋るような眼差しは庇護欲をこの上なく掻き立ててくる。

甚だ遺憾だが認めざるをえない。可愛い。

「……とても上手に描けているよ」

「本当か⁉」

「ああ、本当だ」

実際、コルネリアが描いた絵は驚くほど上手い。絵など碌に描いたことのない俺に技術的なことはわからないが、赤、青、黄といった色とりどりの花々が折り重なり咲き誇るさまは華やかで、見ていて飽きないのは確かだ。それに、端に描かれている噴水やベンチが憩いの空間であることを見事に演出していた。

俺のような芸術に疎い奴でも思わず見入ってしまうような、不思議な魅力がこの絵にはある。

だが、何かが足りないと、漠然とした引っかかりがあった。

「……ああ、そうか」

人が足りないのだ。憩いの場で憩う人々が。多幸感に満ちた空間に、幸福となるべき人物が存在しない。それが残念でならないのだ。

「むふふ。褒められたのじゃ！」

だが、俺は指摘をやめた。折角喜んでいるのに、水を差すこともあるまいと、どこか父親のような気分で嬉しそうにはしゃぐコルネリアを眺めていた。

——が、一秒後には後悔することとなった。

「では、わらわはもう一度遊びに行ってくるのじゃ」

コルネリアは、宣言すると同時に両手で掲げていた絵を放り投げ、俺に背を向けて駆け出した。

「……ちょ、おい！　おっとっと」

慌てて捕まえようとしたが、放り投げられた絵を危うく踏みそうになり、俺はたたらを踏んだ。

その間にコルネリアは俺との距離を離してしまう。

「さらばじゃ！」

俺の口調を真似（まね）するかのような台詞を吐いて、コルネリアが小走りで部屋を駆け出していった。

サクラとは正反対に活き活きし過ぎである。

絵を拾い上げて机の上に置くと、無意識にため息が漏れた。

「……ちょっと行ってくる」

「行ってらっしゃい」

朗らかな笑みを浮かべたエローラさんが送り出してくれる。

即答して来たエローラさんの様子を見て、やっぱり聞いていたんじゃないかと恨み言を言いそうになった。


「こんのおおお、待ちやがれぇぇぇ！」

「嫌なのじゃー。あはははは！」

馬車が楽々通れる広い廊下、そして美しい中庭を眼下に一望できる回廊を駆け抜け、小さな後ろ姿を追いかける。

「ハァ、ハァ……ったく！」

スタミナ切れを起こしてしまったため、壁に手をついて息を整える。

俺は魔法型スキル構成であり、スタミナ上昇系のパッシブスキルを取っていない。その弊害を、こんな形で実感するとは思いもしなかった。

「何じゃ、もうバテたのか？　夫殿はだらしないのぅ？」

コルネリアがわざわざ足を止め、ニヤニヤとこちらを眺めている。

クリッとした大きな目とドレスをまとった姫人形のように可愛い姿。その愛らしい姿のせいで、浮かべている憎たらしい表情が際立ち、この上なく俺を煽り立ててくる。イラッとくるとは、正にこのことだ。

「待てって言ってるだろうがぁぁぁ！」

「待てと言われて待つ阿呆が何処におるというのじゃ！　アハハハハ！」

ごもっともだが、そういう問題ではない。

外見通りのすばしっこい動きを見せるコルネリアに、追いつけそうで追いつけない。

角を曲がり、サクラを始めとした使用人たちが住むエリアを駆け抜けていく。丁度昼時であるせいか、廊下にはメイドや執事、兵士らしき人々までが何人もたむろしていて、俺とコルネリアの様子に目を丸めていた。

「いい加減にしろ！」

「嫌なのじゃー！　アハハハハ！」

笑い声を響かせながら、逃げ続けるコルネリア。だが、使用人たちが立っているおかげで、その逃げ足は鈍っている。

「はぁ、はぁ……ここまで、だ！　大人しく捕まれ！」

息を切らしつつもコルネリアに追いついた俺は、その背中に手を伸ばしたが――

「甘いのじゃ！」

コルネリアが手近にいた女兵士の腕を掴み、引き寄せた。その女兵士は驚きの表情を浮かべながらバランスを崩す。そして、丁度俺とコルネリアを隔てるように倒れ始めた。

女兵士は何が起きたかわからないという顔をしている。そのせいか、受け身を取る様子もない。このままだと、顔面から床へ突っ込んでしまいそうだ。

「ああっ、くそっ！」

コルネリアの背中に向けて伸ばしていた手を引っ込め、代わりに女兵士の肩を掴んで抱き寄せる。それで転倒は回避されたが、コルネリアとの距離は開いてしまった。

「ったく。危ないな。大丈夫か？」

「あ、ああ。助か――っ!?」

女兵士は俺の顔を見た瞬間、複雑な表情を浮かべ、視線を逸らした。

「どうかしたか？　もしかして、どこか捻（ひね）ってしまったのか？」

怪我（けが）をしたのかと心配になり、女兵士の全身を眺めていく。

ブレストプレートを身に着けた上半身と、布の腰巻きに覆われた下半身。その隙間から覗く褐色の肌に傷はなく、むしろ見事に割れた腹筋ばかりが目についた。その視線を無理やり剝がして足の方も見てみたが、捻った様子はない。

「い、いえ。何でもありません。それより、追わなくてよろしいのですか？」

女兵士の視線につられて廊下の彼方を見ると、コルネリアが足を止めてこちらを見ていた。腰に手を当てて、ふんぞり返っている。そして徐ろに右腕を上げ、人差し指を目に当てて、

——あっかんべー。

「あいつ……」

プチッと頭の血管が切れる音がした。

「いいだろう。そういう態度でくるなら……本気を見せてやる」

女兵士の肩から手を離し、ゆっくりと立ち上がった俺は、未だ舌を出しているコルネリアを見据えて、詠唱を開始した。

「後転移、バックムーブ！」

バックムーブとは、風に属する中級魔法で、その名の通り後方数メートルの位置へ転移するスキルだ。敵に懐に入られた際に距離を取ったり、接近戦における緊急回避手段として使用されたりするスキルである。

だが、勘違いしてはいけない。このスキルはあくまで『後方に転移するスキル』だ。そして、この場合の後方とは、詠唱者から見た相対的な後ろ側のことを指す。

——つまり、後ろに進むことも可能なのだ。

バックムーブが発動する直前、俺はコルネリアに背を向けた。

途端に独特の浮遊感に包まれる。そして次の瞬間、俺の身体が女兵士から数メートル離れた位置に出現した。

振り返ると、少し離れた位置にまで近付いたコルネリアが、目を見開いていた。

「なっ……!? 魔法を使うなんて卑怯じゃぞ！」

「んー？ 聞こえないなー？ 何か言ったか？」

耳に手を当て、聞こえませんよとアピールしつつ、更に転移魔法で距離を詰める。

慌てて駆け出したような足音と共に、コルネリアの絶叫が聞こえてきた。

「大人げなさ過ぎるのじゃーー！」

「大人を甘く見たお前が悪い！ バックムーブ！ バックムーブ！」

ムーンウォークさながらの動きでコルネリアを追い詰めていく。コルネリアはただのダッシュで、俺は短距離瞬間移動の連発。結果は火を見るより明らかだった。

「ほーら、捕まえ——」

コルネリアを追い越し、立ち塞がる位置に姿を現した俺は、今度こそ捕まえたと確信した。

だが、天はコルネリアの味方だったらしい。俺が転移した先の曲がり角から、まるで狙ったかのように人影が現れたのだ。

「え？ きゃあぁぁぁ！」

「え？ うわあぁぁ!?」

可愛い声の悲鳴が背中側から聞こえてきたと思った瞬間、背後の人物ともつれ合うようにして床に倒れ込んだ。

「いててて。大丈夫？」

「はい、何とか……って、ハジメさんじゃないですか」

聞き慣れた声に振り返ると、リーナちゃんが床に尻餅をついたまま話しかけてきていた。

「アハハハハ！　大人げないことをするからそうなるのじゃ！」

コルネリアが俺たちの脇をすり抜け、角を曲がった先にある階段へと駆けていく。そして、階下へ続く階段の手すりに飛び乗ったコルネリアは、風を切るように下へ滑り降りて行った。

ふわりとドレスのスカートが舞い上がる。

小さなお尻を包み込む青と白のストライプが見えた。

「くそっ、はぁ、はぁ……」

思い出したように息が切れ始める。視線を上げると、スタミナゲージが浮かんでいて、その残量は残り僅かになっていた。

「もしかして、コルネリア様を追いかけているんですか？」

立ち上がり、手に持っていた長杖(つえ)を拾ったリーナちゃんが問いかけてくる。その身にまとっているのは、先日トータ村で見た王宮治癒師の法衣だ。

「はぁ、はぁ……ああ、そろそろ締めにかからないと、あいつは際限なくサボりそうだからな」

「あはは。確かにそうかもしれませんね。でも、さっきのコルネリア様、とても楽しそうでしたよ？」

「その楽しみすぎてるのが問題なんだ！　おかげでいつの間にか俺が国王みたいになってるし、エローラさんたちは着々と既成事実を積み上げてきているし……とにかく、一刻も早くあいつをしょっぴいて、執務室の席に座らせねば、俺の身が危ないんだよ！」

「あははは。大袈裟（おおげさ）ですよ。それに、ハジメさんが皆から頼りにされているからそうやって囲い込まれているんじゃないですか？　あ……でも、思い出しました。確か、ハジメさんがわたしたちと夜の時間が取れない原因。それは、国王様としてのお仕事が忙しいからでしたよね……？」

「ああ、そうとも言えるな……って、リーナちゃん？」

リーナちゃんはニッコリと笑顔を見せている。だが、それは仮面のように不気味で、見る者の背筋をゾワリとさせる笑顔だった。

「そうですか。あ、すみません。今治療しますね」

そう言って魔法でスタミナを回復させてくれる。視界の端に浮かぶスタミナゲージがグングンと伸びていき、満タンになったところで止まった。

「それと……はい、これも」

やや長めの詠唱の後、俺の身体は白い燐光（りんこう）に包み込まれた。

「これは……」

「スタミナリジェネートです。スタミナを徐々に回復してくれる優れものですよ」

「おおっ！　それは凄いな」

持続性のある回復魔法は、確か回復スキルの中でもかなり高位のものだったはずだ。俺のようにMod（モッド）を使わない限り、相当量の修練と弛（たゆ）まぬ努力が必要なはずである。

「毎日頑張ってますから」

「いや、参った。素直にすごいと思うよ」

「ふふふ。さて、お待ちかねのようですし、行ってあげては如何（いかが）ですか？」

視線を階下に向けると、物陰からひょっこりとコルネリアが顔を出していた。

追ってこない俺を探しに来たあたり、完全に遊んでいるつもりらしい。しかも、こちらに向かって再びあっかんべーまでしてやがる。

やはりイラッときた。

「今捕まえてやるから覚悟しろ」

「べーっだ。夫殿には無理なのじゃ。悔しかったら追ってくるのじゃ！」

馬鹿め。今の俺はスタミナを気にせず走れるのだ。先程は魔法という名の小細工で失敗したが、今度こそそんなことは起きない。

何せ全力ダッシュ時のスタミナ消費量より、リジェネの回復量の方が勝っているのだ。延々と全速力で追いかけられる強靭（きょうじん）なロボットと化したのである。治癒師様々だ。

「それじゃあ、行ってくる！」

「はい、行ってらっしゃい。ちゃんときつーくお仕置きしてあげてくださいね」

リーナちゃんに感謝しつつ、その最後の言葉に首を傾げながらも、俺はスカートを翻して走り去ろうとしているコルネリアの後を猛追した。

鬼ごっこはあっさり終わった。

スタミナ切れの心配がなくなった俺から逃げられるはずもない。

最終的に外部の者が寝泊まりする客室に追い込んだ。

さて、お仕置きタイムだ！　と意気込んでいたのだが……。

「早くお仕置きして欲しいのじゃー」

ベッドに手をつき、後ろ手でスカートをたくし上げたコルネリアが誘ってくる。その小尻は縞パンで覆われていて、可愛くふりふりと振られていた。

男を惹きつけるその背徳的な幼尻に向かって無意識に手が伸びそうになる。だが、すんでの所で止めた。

これは違う。これではお仕置きプレイになってしまう。嫌がることをしてこそのお仕置きなのだ。

だから、俺はＭｏｄを使うことにした。

アクティベートしたのは『排泄Ｍｏｄ』である。

この世界にも一応トイレがある。水洗式ではなくくみ取り式なのは、中世をモチーフにした世界観だからだろう。

そんなこだわりのあるトイレだが、残念なことに使用する者がいない。ＰＣ（プレイヤーキャラクター）にもＮＰＣにも排泄機能が備わっていないからだ。だからトイレは存在するのに、誰も使わないという不可思議な状態になっている。

そんな不思議現象を解決できるのがこの『排泄Ｍｏｄ』である。ＮＰＣに排泄の概念を与え、トイレが必要不可欠なものとなるのだ。

でも、そんなよりリアルに近づけるという高尚な目的のためにこのＭｏｄを使おうとしているのではない。

当然である。これはエロＭｏｄなのだから。

「あ、れ……？　何か……」

コルネリアが股をすりあわせ、モジモジし始める。

さっそく効果が表れてきたらしい。

このＭｏｄは意図した対象の排泄欲求を操作することができる。だから今、コルネリアは猛烈な尿意に襲われているはずだ。

「さて、お仕置きだったな？」

身体の状態を知りながら、俺は敢えてそんなことを言う。

口元に笑みが漏れてしまうのはご愛嬌(あいきょう)だ。

「ちょっと待つのじゃ。先に、その……」

「ん？　聞こえないなぁ」

先程のエローラさんのように聞こえないふりをして、小さな尻を撫でる。ほんの少し触れるだけ。くすぐったいくらいの撫で方をしているので、恐らく刺激は少ないだろう。

だがそんな刺激でも、コルネリアはピクンと身体を反応させる。

「い、今触るのはダメなのじゃ！」

「お仕置きして欲しいんだろ？」

「ひっ――――！」

パシンと軽く尻たぶに平手打ちを食らわせた。小気味の良い音が部屋に鳴り響いて、可愛い小尻がプルンと揺れる。

軽く振動を加える程度の衝撃だったが、コルネリアの全身に走る緊張が更に強いものになった。

俺も尿意を我慢したことがあるからよくわかる。ほんの僅かな振動ですら命取りになるのだ。

「早く……行かないと、漏れてしまう！」

「え？　何だって？　イカせて欲しい？　何だ、そんなに性欲が溜まっていたのか」

「ち、違うのじゃ！　花を摘みに行かせてほし……んひぃ！」

コルネリアにも恥じらいがあったらしい。

そんなぼかした言い方をしてきた。

「花を摘む？　よくわからないな。それならサクラにでも言って、摘んできてもらえばいいじゃないか」

コルネリアのうなじに人差し指を当て、線を描くように下へと背骨をなぞっていく。

「そうでは、なくて……ひぃぃ！　や、やめるのじゃ！　じゃから、その……」

「んー？　はっきり言ってくれないとわからないな？」

「ううっ……」

身体を丸め、小刻みに震えるコルネリア。視線は忙しなく左右を彷徨い、額には汗もにじみ出ている。

「はっきり言わないなら、ご所望だったお仕置きといこうか」

右手をコルネリアの眼前に持っていき、見せびらかすように開いてみせる。そして手首のスナップを効かせた素振りをしてみせた。

「——っ!?」

コルネリアが目を見開く。だが、肝心の言葉を口にする様子はない。

俺は更に意地の悪い笑みを浮かべた。

そういう態度で来るなら、俺もとことんやってやろう。そうだ、俺は今、お仕置き執行人なのだ。慈悲などあってはならない。

「じゃあ……いくぞ」

コルネリアの小振りで形の良い尻に狙いを定め、右手を大きく振りかぶる。そして、躊躇うことなく振り抜いた。

パッシイイイン!

小気味の良い音を立てて、コルネリアの小尻が震えた。

「おふぉ……あ、う……あ」

コルネリアが焦点の定まらない目を限界まで見開き、口をパクパクと開閉させている。それはさながら、酸素を求める金魚のような顔だった。

　股に視線を移すと、そこはまだシミ一つない縞々がある。どうやら今の一撃を耐え切ったらしい。天晴れな奴だ。

　だが、今の俺はお仕置き執行人だ。慈悲はない。

「さて、もう一発いきますか」

「ひぃぃ！　待てっ、待つのじゃ！　言う！　言う！　言うから！」

　遂には片手で股の間を押さえ始めたコルネリアが、苦悶しながら制止してくる。

　どうやら本当に限界が来ているらしい。

　コルネリアはガバッと顔を上げ、俺の顔を見た。だが、やはり恥ずかしいのか視線をやや左に逸らしてから、ヤケになったように大声を出した。

「……お、おしっこ！　おしっこがしたいのじゃ！」

　かぁぁと顔を真っ赤にしながら、ヤケになったようにコルネリアが叫ぶ。

　その大きな目はぎゅっと閉じられ、まつ毛がプルプルと震えていた。

「そうかそうか。そうだったのか」

　まるで今気付いたと言わんばかりの白々しい態度を取る。俺の嘘などコルネリアは当然見破っているだろうが、文句は言ってこなかった。きっと、それどころではないのだろう。

「なら、トイレに行かないとな。おや？　そこに丁度いいものがあるじゃないか」

　これまた芝居がかった大げさな動きで、手近にあった大きな花瓶を取り、飾られていた花を抜き取る。

　そしてコルネリアの股下に置いた。

「何、じゃと……？　ま、まさか……」

　コルネリアの声は上ずっている。俺の意図を察したらしい。

　俺は口元に笑みを湛(たた)えながら告げた。

「ほら、用意してやったぞ。遠慮なく出すといい」

「そんな……！　む、無理なのじゃ！　んふぅあ……も、漏れそうじゃ」

　強烈な排泄の欲求が襲ってきているのだろう。がに股で足を小刻みに震えさせながら全身に力を入れて耐えている。

　でも、そうやっていつまでも耐えられるものではない。先程の平手打ちで、間違いなくダムは決壊寸前だ。

　しかも目の前には簡易トイレもどき。ベッドで漏らすよりはマシと思えなくもない。

　辛(つら)い、苦しい……ぶちまけてしまいたい。でもみっともない。

　加速度的に高まる辛さをそんな風に意地で我慢しているのが、コルネリアの顔からはっきりと読み取れる。

「なんだ、小便をしたかったんじゃなかったのか？」

「したいっ！　したいのじゃ！　でも、でもっ……！　んんんんっ」

　膀胱(ぼうこう)の張りに苦悩するコルネリアは、内股になっている自分の股間を押さえ続けている。

そうして何とか尿意に耐えている姿が可愛くて、悪戯心が芽生えた。

そう、今の俺はお仕置き執行人なのだ。慈悲はない。

「おや？　一人でできないみたいじゃないか。仕方ない、手伝ってやろう」

ガクガクと震えている膝の裏に両手を回す。そして、素早く縞々のショーツを剝ぎ取り、羽根のように軽いコルネリアの身体を後ろから抱きかかえた。

「なっ⁉　嫌、嫌なのじゃ！　こんな格好！」

大きく首を横に振り、身体を丸めながらコルネリアが喚いた。まるで父親に抱き上げられた幼児のように、大股開きの体勢で花瓶に臨む。

発射態勢が整った今、一気に尿意がこみ上げてきたのだろう。直ぐに暴れるのをやめ、全身に力を込めて大人しく震えている。

コルネリアの小さな身体は抱き心地が良い。

肉付きはさほどではないものの、幼さ特有の柔らかさが抱えている手のひらから伝わって来た。

その小さな身体がこうして大人しく丸くなっている姿は、保護欲を掻き立てられる。

「ほら、出していいぞ」

「あうぅ……うう……うぁぁ」

獣のようなうめき声がコルネリアの食いしばった歯の間から漏れてくる。その顔は羞恥で火照り、脂汗が流れていた。

——吐き出してしまえばいい。そうすれば楽になる。

——嫌、絶対に嫌じゃ！　こんな恥ずかしい真似、絶対に嫌なのじゃ！

コルネリアの顔を見ていると、そんな葛藤をしているのが透けて見える。

でも、その表情が徐々に許容の色に染まっていく。恐らくもう限界なのだろう。何か特別なことをしなくても、数秒以内に陥落するに違いない。

だが、そんなコルネリアに更なるサービスを見舞ってやる。

「まだ我慢できるみたいだな。じゃあ、これならどうだ？」

太ももを摑んでいた右手をずらして行き、必死に力を込めている股間に手を入れる。

覆うもののないつるつるの割れ目。

その無防備な局部への突発攻撃に、コルネリアの身体が大きく跳ねる。

「あぅあぁぁ！」

我慢を重ねていたため、敏感になっていたのだろう。

毛が全く生えていない割れ目から、尿とは別の液体が漏れてくる。

「ん？　もう漏らしたのか？」

「違う！　これは違うのじゃ！」

「そうなのか？　どれどれ……」

二枚貝の口を左右に広げ、サーモンピンクの粘膜を開帳する。

クリト〇ス、ヌラリと濡れている蜜穴、そして忍耐を強いられている小さな尿道口。普段は壁の奥に大事にしまわれている秘密の園が全てあらわになる。

「うぅ……あっ！　ひぃあっ……そこを刺激されたら……」

涙目になったコルネリアが無理な体勢で振り返り、許してと哀願してくる。

普段は天真爛漫な笑顔を絶やさないコルネリアがそんな弱々しい表情を覗かせるのを見て、情欲が湧き上がってくるとともに、もっとこの顔を見たいと思ってしまった。

だから俺は、無防備に晒されている幼い割れ目に指を這わせていく。

「あ、あひっ！」

ぎゅっと結んで我慢していたコルネリアの唇が大きく開かれ、遂に大きな嬌声が吐き出される。

そんな風にすると、下半身の力が抜けてしまうのは自明の理だ。

膀胱から急激に黄金水が降りてきてしまったのだろう。抱えている両足の震えがより一層大きなものになる。

「も、もう駄目じゃ……出る、出る、出てしまうぅ」

コルネリアの頭の中は今、放尿でいっぱいなのだろう。

その小さな唇は呆けたように開かれ、綺麗な紅色に彩られている唇から涎が垂れている。

丸まって固くしていた身体は徐々に開かれ、俺に全てを預けるようにもたれ掛かってきた。

だから、最後の止めをさしてやる。

割り開かれ、むき出しになっている秘部から敏感な肉豆を探り当て、中指で引っ掻いてやった。

その優しいノック程度の刺激が、致命打となった。

「ひぃあっ！」

耐え忍んでいた全身の力が一瞬ふっと抜け、コルネリアの尿道からちょろりと最初の雫がこぼれ落ちる。

一度ヒビが入ってしまったダムに、もはや決壊を止める術はない。

「はっ、はっ……はぐぅぅぅっ！　もれっ、漏れる、漏れる、漏れるぅぅぅっ！」

幼女が敗北した瞬間だった。

プシャーッと勢い良く尿が放たれる音が耳朶を打つ。

小さな穴から吹き出す金色の液体は、花瓶の中で泡を飛ばして旋回し、渦を作る。

「ああ……」

恥じらいも屈辱も何もかもが溶けて、ただそこには恍惚とした表情をしているコルネリアの顔があった。

コルネリアの尿道からとめどなく黄金水が迸る。

永遠に続くかと思うほど長かった噴水の勢いが徐々に弱まり、やがて最後に雫となって止まった。

「はぁ、はぁ……んはぁ」

コルネリアの身体がブルリと震える。

その顔には何もかもが吹き飛び、安らぎと達成感に満ちた表情が浮かんでいた。

「可愛かったぞ」

解放感に身を浸していたコルネリアの耳元でそう囁いてやる。

その瞬間、羞恥心が蘇ったのか、コルネリアはさっと頬を染めてそっぽを向いてしまった。

そして、ようやく俺も我に返って気付いた。

ミイラ取りがミイラになってしまっているということに。

俺が執務室を出てから結構な時間が経っている。もちろんその間、仕事は一ミリたりとも進んでいない。

一気に憂鬱になった。

結局この日は、ロウソクの光を頼りに深夜まで机に向かうこととなった。

明るいうちに仕事を終え、頑張ってねと清々しい顔で応援しながら退室していったエローラさんは鬼だった。

第五話 非常食

翌朝。俺は、こめかみを指圧しながら城内の廊下を歩いていた。

「頭が痛い……」

東に面した窓からは、眩しい朝日が差し込んでいる。窓の外を覗くと、早朝の城下町はまだ人の気配がなく、普段の賑やかさが嘘のように静まり返っていた。

これほど静かな城下町は見たことがなく、興味が湧いて窓を開けた。すると、早朝の爽やかな風が吹き込み、小鳥のさえずりが聞こえてくる。

「んーっ！　徹夜なんて久しぶりだな」

伸びをして身体のこわばりをほぐす。肩こりや偏頭痛まで再現しているあたり、このゲームは力の入れどころを間違えているとしか思えなかった。

「あー、眠い。布団が俺を呼んでいる……」

今、俺は執務室からの帰りだ。そう、今の今まで書類の山と格闘していたのである。幾ら眠かろうが、お腹が空いていようが、目の前に仕事があれば手を伸ばし、片付ける。元サラリーマンとして当然……というより、むしろ培われた社畜的精神の賜物だった。

「あー、早く寝たい。ふかふかの布団に包まれたい……ん？　あれはサクラか？」

ふらふらと定まらない頭のまま廊下を歩いていると、サクラに出くわした。

「おっ、サクラじゃないか。相変わらず早いな」

話しかけながら近付いていくと、サクラの様子がおかしいことに気付いた。サクラが俺の接近に気付かないなんて初めてである。

「サクラ？」

肩を叩くと、ようやくこちらに気付いたらしく、サクラが振り返った。

「……ハジメ様」

「サクラがボーッと突っ立っているなんて珍しいな。どうしたんだ？」

サクラは子犬を抱きかかえたまま、天井を見上げている。その姿はどこか途方に暮れているように見えた。

「部屋が決まらないのです」

「え？」

何を言っているんだ？　と問い返そうとしたところで、子犬と目が合った。そのつぶらな瞳もまた、途方に暮れているように見えた。

「ああ、そういえば子犬の部屋を決めるって言っていたな……って、おい。それって昨日の話じゃなかったか……？」

そうだ。子犬の丸焼きが食卓に並びそうになったのは、昨日の昼のことだ。そしてその時、サクラは子犬の寝床となる部屋を探しに行ったはずだ。今はその翌日の早朝。つまり、

「丸一日近く経っているのに、まだ決まってないのかよ!?」

思わずズッコケそうになる。ついでに、大声を出したことで頭痛が蘇ってきた。

「いつつ……それで、何を迷っているんだ？」

「何をどう考えて良いかわからないのです」

そこからかよ⁉　と再びツッコミを入れたくなったが、今回は思い留まった。これ以上頭痛が酷くなっては堪らない。

「ったく……サクラらしくないな。いつもなら、即断即決だろうに」

実際、サクラらしくなかった。物事を機械的に判断し、合理的な解を導きだしていく。それがサクラのキャラクターだったはずだ。

「申し訳ございません」

「いや、謝る必要はないんだけどな」

腑に落ちないものの、サクラをどうこう言うのは止めにした。

俺の目の前に立つサクラは、相変わらずの無表情。エプロンドレスを隙なく着こなし、背筋もピンと伸びている。一見すると普段と変わらない姿に見えた。が、何故か俺の目には落ち込んでいるように映ったのだ。

「ふぅ……」

深い息を吐き、色々なものを頭の中から追い出してクリアにする。それでも頭は重たかったが、やむを得まい。これは恐らく緊急事態なのだ。

正直なところ、布団が恋しい。今から踵を返して猛ダッシュし、自室の布団へとダイブしたかった。だが、もし今のサクラを放っておいたら、後で間違いなく後悔することになる。もう二十年以上付き合っている自分の性格だ。誰よりも熟知している。

「……とりあえず、片っ端から部屋を見て回るか」

俺は諦めて自室から遠ざかる方向へと足を踏み出した。

小一時間ほど吟味した結果、子犬の寝床はサクラの部屋に決定した。そもそも、子犬に無人の部屋を宛がうなど無理がある。だから、飼い主であるサクラの部屋となるのは自然な流れだった。むしろ、何故最初からその発想に至らなかったのかと問い質したくなるほどである。

「やっぱり可愛いよね」

「ですよね。このちっちゃい足が可愛くて、可愛くて」

「サクラに抱っこされていると見えないのじゃー！　わらわにも見せてほしいのじゃー！」

いつの間にかサクラの部屋は賑やかになっていた。リーナちゃん、アニタちゃん、あとコルネリアまでいる。

「……ちょっと待ってくれ。何で皆がいるんだ？」

「それは勿論、ハジメさんが楽しそうなことをしているって、お母さ……いいじゃないですか。細かいことは」

「そうですよ。あー、今鳴きました！　可愛い！　それに、ふわふわしてる！」

「なんじゃと!?　わらわにも触らせるのじゃ！」

リーナちゃんが何か聞き捨てならないことを言っていた気がするが、アニタちゃんやコルネリアの声にかき消されてしまった。女三人寄れば姦しいとはよく言ったものだ。この圧倒的なパワーを前に、立ち入る隙などない。

「おっとっと。まったく……」

女の子たちがワイワイと声を上げながら子犬に殺到している。そのせいで、俺は輪から弾き出されてしまった。この一連の流れが、ここ最近の俺の立ち位置を如実に表している気がして、俺は一人肩を落とす。

と、そこに、コルネリアが輪から離れ、俺の元へと寄ってきた。

「そうか、お前は俺のことを気にかけてくれるのか……」

軽く目頭が熱くなる。が、

「ん」

コルネリアは俺の前で通せんぼするかのように両手を広げた。何がしたいのかさっぱりわからない。俺を慰めに来てくれたのではなかったのか。

「だっこするのじゃ」

「おぉ、なるほど」

俺は得心し、掌を打った。そういう慰め方もありかもしれない。

コルネリアの両脇を摑んで持ち上げる。小柄なだけあって中々に軽い。それに、温かい。疲れ切った頭と、ささくれ立った心が癒やされていくのを感じた。

「何をしておるのじゃ。あっちに行くのじゃ！」

コルネリアがサクラたちのいる方向を指差している。気分が高揚していた俺は、素直に従った。

サクラの側に寄った途端、コルネリアが、サクラに抱きかかえられている子犬に手を伸ばした。

震える手で子犬の頭を触り、噛みつかれないと見るや、尻尾(しっぽ)までをおっかなびっくりの様子で撫で始める。

「やっと届いたのじゃ！　おお、柔らかくてモフモフしておるのじゃ！」

子犬も最初は緊張して硬くなっていたが、段々と慣れてきたようで、気持ち良さそうな鳴き声を上げた。コルネリアもホクホク顔になる。

そんな一部始終を間近で見ていたわけだが……ふと気付いてしまった。もしや、コルネリアは俺を癒やそうとしていたのではなく、子犬を触るための便利な台が欲しかっただけではないだろうか。

俺がモヤモヤとした感情を処理できないでいると、アニタちゃんが声を上げた。

「あ、そうだ。私アップルパイを焼いてみたんですよ。上手く出来ているか不安なんですけど、よかったら食べて頂けませんか？」

言って、アニタちゃんが腰元のポーチからホールのアップルパイを取り出し、丸テーブルの上に置いた。

ちなみに、出てきたのはどう考えてもポーチに入らないサイズのパイである。しかも食べ物を直(じか)にポーチへ入れたら普通はとんでもないことになるわけだが、テーブルの上に置かれたアップルパイは型崩れひとつしていない。

現実世界では非常識に見えるその光景は、この世界における常識である。

ちなみに俺はと言うと、この摩訶不思議な光景に見慣れてしまい、何の違和感も抱かなくなっていた。

「おー！　美味しそうなのじゃ！」

コルネリアが手を伸ばし、アップルパイをつまみ上げる。そして、瞬く間に銀紙を解いて口の中に放り込んだ。

「甘くて美味しいのじゃ！」

「おい、暴れるなって……！」

コルネリアが万歳をしてはしゃぐせいで、抱っこをしている俺は落とさないように必死だ。

「良かったです。料理を練習した甲斐がありました。まだまだサクラさんには敵いませんけど、ハジメさんも食べてみてもらえませんか？」

「もちろん、頂くよ」

早速一切れを手に取り、口の中に放り込む。その瞬間、甘い香りと味が口の中に広がった。

「うん、美味しい」

感じたことを素直に口に出した。比べるのもおこがましいが、素材の味しかしないマズメシを作った誰かさんより間違いなく美味い。

あ、ヤバイ。思い出したら涙が出てきた。

「ハジメさんは、涙が出るくらい美味しかったみたいだよ？」

「ええぇ⁉　それはさすがに大袈裟ですよ！」

「いや、本当に美味しいよ。本当に頑張ったんだな」

「いえいえっ！　そんなことはっ……！」

ブンブンと頭を振るアニタちゃん。でも満更(まんざら)ではないらしく、口元は緩みっぱなしだ。

「ほら、サクラちゃんも座って食べよう？　ずっと抱っこしていて疲れたでしょ？」

「ありがとうございます。リーナ様」

リーナちゃんが勧めた椅子にサクラが腰を落ち着ける。その光景を見て、おや？　と思った。

勧められた椅子に座る。何て事もない普通の光景だが、サクラという人物に限って言えば話が変わってくる。

サクラは自他ともに認める生粋(きっすい)のメイドである。それはまるで役割(ロール)が固定された従来のＮＰＣのように、いつ如何なる時も崩そうとしなかった。

俺と同じ感想を持ったのだろう。リーナちゃんが驚きの表情を浮かべ、続いて太陽のような微笑みを浮かべた。

「何をしておる！　早く座るのじゃ！　わらわはもっと食べたいのじゃ！」

「はいはい。仰(おお)せのままに」

急(せ)かされて手近な席に着こうとしたが、コルネリアが腕の中で暴れ始めた。

「うぉっと！　危ないだろ！」

「違う！　そっちじゃないのじゃ！　あっちがいいのじゃ！」

コルネリアが指差しているのは、サクラの隣の席だ。どうやらあの席に座りたいらしい。

「あっち！　あっちじゃ！　早くするのじゃ！」

「ったく！　文句多いっての！　自分で歩いて、好きな席に座ればいいじゃないか」

抗議してみたものの、聞いちゃいない。何たるワガママ娘。仕方なく、サクラの隣の席まで行き、コルネリアを降ろそうとする。が、今度は抱きついて抵抗してきた。

「おい、着いたぞ。この席がよかったんじゃなかったのか？」

「そうじゃ。だから、早く座るのじゃ！」

「……はい？」

コルネリアの言葉の意味がさっぱりわからず、首をひねる。そこに、リーナちゃんの笑い声が聞こえてきた。

「あはは。陛下はハジメさんの膝の上に座りたいって仰っているんですよ」

「え……？　そうなのか？」

コルネリアを見下ろすと、そっぽを向いたまま蚊が鳴くような声で「早く座るのじゃ」と繰り返した。そういうことらしい。

「あー、うん。そうか……」

むず痒(がゆ)い感覚を持て余したまま、席につく。自然とコルネリアも俺の膝に腰を落ち着けることとなった。

「この子の名前を決めようよ」

皆が席につき、アップルパイを頬張り始めたタイミングで、リーナちゃんが拾われたばかりの子犬を見つめつつ提案した。当の子犬は、サクラのエプロンドレスに包まれて気持ち良さそうにあくびを噛み殺していた。

「賛成です！」

「良い考えじゃ！　わらわも考えるぞ！　うーむ……」

胸の前でパンっと両手を合わせ、にこやかに賛同するアニタちゃんと、腕を組んで唸り始めるコルネリア。二人ともやる気満々らしい。

そして、銘々が名前の案を口にし始めた。

「ショコラとかどうかな？」

リーナちゃんらしい、可愛い名前だ。もうこれに決定でいいんじゃないだろうか。

「いいですね！」

「ありがと。アニタちゃんも案を出してくれると嬉しいな」

「うーん。じゃあ……ティノなんてどうでしょう？　小さいって意味です」

アニタちゃんが別案を出す。こちらも可愛い名前だ。が、襲い来る睡魔のせいで適当に決めてしまいたかった俺としては、やめてくれぇぇ！　と叫びたかった。良案が複数出てしまうと、なかなか決まらなくなってしまう。

「わらわはスノウがいいと思うのじゃ！」

コルネリアも参戦する。真っ白な毛並みのこの子犬には、ある意味ぴったりな名前だ。正直、もっととんでもない名前を言い出すと思っていたのに、案外普通だったことに驚いた。

「サクラちゃんは何がいいと思う?」

「わたくしでございますか……?　いえ、特には」

「ダメだよ?　ちゃんと考えてあげないと!　飼い主はサクラちゃんなんだから」

「ですが……」

「ダーメ。ほら、考えて」

リーナちゃんの言葉に押されてサクラが視線を落とし、考える素振りを見せる。これもまた珍しい光景だなと他人事のように見ていると、リーナちゃんの顔がこちらを向いた。

「ハジメさんは、何かありませんか?」

「え?　ああ、そうだな……」

まさか飛び火してくるとは思っていなかったため、何も考えていない。

「皆に任せ……いや、何でもない」

任せると言おうとした瞬間、リーナちゃんの表情が険しくなったのを見て、慌てて言葉を引っ込める。危ないところだった。

「太郎とかどう?　あ……」

中世風ファンタジーの世界観で和風の名前は変である。現に俺の『ハジメ』という名前は微妙に浮いているのだ。

もう少し考えてから物を言えよ!　と自分にツッコミを入れたくなった。

「変わった名前ですけど、素敵だと思います」

「何となくハジメさんの名前と語感が似ている気がする。うん、いいかも」

「あ……そう？」

捻り出した答えは碌でもないものだったが、意外に好評だったらしく、アニタちゃんとリーナちゃんから賛同の声が上がる。

「それで、サクラちゃんは何か思いついた？」

「いえ、まだ……」

サクラが言いよどむ。無表情でわかりづらいが、どうもかなり悩んでいるらしい。何でも器用にこなしてしまうサクラが、これほど優柔不断な態度を見せるのは本当に珍しい光景だ。

だが、急に名前の案を出してと言われ、困り果てる気持ちはよくわかる。考えれば考えるほど慎重になり、口に出すことを躊躇ってしまうのだ。

要するに、真面目に考え過ぎなのである。

見ていられなくなった俺は、助け舟を出すことにした。

「なら、サクラが皆の案の中から選ぶってのはどうだ？　それなら、サクラが決めたことになるだろ」

「なるほど！　そうですね。サクラちゃんもそれでいい？」

「かしこまりました」

「サクラが選ぶなら、わらわの考えたスノウに決まりじゃな！」

「あ、あの！　よくないのではない、でしょうか……？　そんな風に押し付けるのは……」

「むー……」

「え、えっと……あ！　ほら、陛下。パイが最後のひと切れですよ！　食べないなら、わたしが取っちゃいますけど？」

「あっ！　ダメなのじゃ！　あれはわらわの物なのじゃ！」

わがままを言うコルネリアと、そのわがままを抑えるアニタちゃん。そして上手く気を逸らすリーナちゃん。

こうして傍(はた)から見ていると、仲の良い三姉妹のように見えた。

「それで、決まりそうか？」

隣で考え込んでいるサクラに声をかけるが、サクラは首を横に振った。まだ悩んでいるらしい。

そのサクラらしからぬ態度に、本当にどうかしたのだろうかと心配していると、サクラが口を開いた。

「……この子に決めてもらおうと思います」

サクラは腕に抱いた子犬を見下ろしている。ということは、子犬自身に名前を決めさせるということだろうか。

「え……？　どうやって決めてもらうの？」

「名前を呼んでいって、この子が返事をしたら、その名前にしようかと」

「なるほど！　それならこの子の気に入った名前をつけてあげられますね！」

「いい案かも。早速やってみようよ」

皆乗り気の様子だが、俺は疑問符を付けた。まず以って、何故サクラ自身が決めないのかがよくわからない。

そして、子犬が自分の気に入った名前だけに反応するかという点も疑問だ。子犬といえば、何でも興味津々で見るもの聞くもの片っ端から反応する。今もサクラが着ているエプロンのフリルが気になるらしく、前足を伸ばして触ろうと藻搔いていた。

「……まぁ、いっか」

話しかけられたらとりあえず反応しそうな予感がしたが、俺は黙っていることにした。楽しそうな雰囲気に水を差す必要はない気がしたのだ。

サクラが、フリルを触ろうと頑張っている子犬を抱き、顔の前まで持ち上げた。その顔は真剣そのものだ。

俺たち四人が固唾を呑んで見守る中、サクラが口を開いた。

「では、呼んで参ります。……ショコラ」

「……」

耳が痛いほどの静寂。子犬はサクラを見つめたまま動かない。その顔は、どことなく不思議がっているように見えた。

「……残念」

「では、次に参ります」

肩を落とすリーナちゃんを他所に、サクラが次の名前を呼ぶ。出た順でいくと、今度はアニタちゃんの案だ。横目でアニタちゃんの様子を窺うと、両手を組んで祈るようなポーズをしていた。そんなに子犬の名付け親になりたいのだろうか。

「――ティノ」

「……」

またも返事はない。それどころか、子犬は暇そうに前足を伸ばして自分の耳の裏を掻いている。

「あう……」

アニタちゃん撃沈。へなへなと机に突っ伏していった。

「ふっふっふ。わらわの案で決まりじゃな！」

俺の膝の上でコルネリアがふんぞり返る。小さい身体相応の生意気な態度だが、何故か可愛く見えてきた。ヤバい。俺は父性に目覚めつつあるらしい。

と、そんなことよりも、俺としてはコルネリアの案で決まってほしかった。コルネリアの案がボツになれば、残すところはあと一つ。俺が適当に考えた『太郎』だけだ。ちょっとそれは可哀想な気がしている。

――お前だって、太郎なんて名前は嫌だよな？

視線だけで子犬に問いかけると、丁度そのタイミングで子犬が首を縦に振った。よし、間違いない。スノウで決まりだ。

と、思っていたのだが――

「――スノウ」

「……」

返事がない。名前を呼ばれたはずの子犬は、ふあぁぁと欠伸をしていた。まるで『誰、それ？』とでも言いた気な様子だ。

「嘘じゃ！　こんなはずないのじゃ！」

「……というより、これだけ呼びかけられて返事がないこと自体、おかしいような」

そう、根本的におかしい気がしてならないのだ。

子犬は欠伸を噛み殺した後、つぶらな瞳でサクラを見上げている。その姿はまるで『早く僕の名前を呼んでよ』と言っているかのよう。それはつまり、この子犬の名前はもう決まっているということで――

「……まさか」

嫌な予感が俺の脳裏を掠めた。この子犬と出会った時、サクラがある単語を散々連発していた気がするのだ。

いや、流石にそれはないだろうと楽観的な予想を立てつつ、その単語を口に出した。

「非常、食……？」

「ワン！」

俺は額に手を当て、天井を仰ぎ見た。思い返してみると、捕まえた時に散々『非常食』と呼んでしまっていた覚えがある。そのせいで、名前と認識してしまったのだろう。

「えっ、その名前は……」

「そうですよ。もっと可愛い名前の方が」

「じゃから、スノウが良いと言っておろう。のう？　スノウ？」

コルネリアが呼びかけるものの、子犬は見向きもしなかった。コルネリアがむーっと頬を膨らませる。

「非常食」

「ワン！」

サクラが呟くと、再び元気よく子犬が返事をして、サクラを見上げた。

「貴方は非常食という名前が気に入ったのですね」

「ワン！　ワン！」

呼ばれる度に嬉しそうに吠えながらエプロンドレスをよじ登り、サクラの頬を舐め始めた。

「そうでございますか。では、今日から貴方の名前は非常食です」

サクラが子犬の頭を撫でる。そのサクラの表情は相も変わらず平らなものだったが、俺には幸せそうにしか見えなかった。こんな様子を見せられて、外野が口を出すのは無粋というものだ。

「決まり、だな。今回は諦めろ」

「むー……」

俺が、むくれているコルネリアの頭を撫でている間も、サクラはずっと子犬、改め非常食を見つめていた。

◆◆◆◆

蛍光灯の明かりに照らされたこのフロアには、その明るさに反してどんよりと閉鎖的な空気が充満していた。元々一部屋だったこのフロアは無数のパーテーションで区切られ、マス目のように無数の個室が出来上がっている。その一つ一つの個室には事務机が置いてあり、ネームタグを首からぶら下げたスーツ姿の女たちが机に向かっていた。机の上には仮想ディスプレイが乗せられ、特有の青白い光を放っている。

その一角、最も窓から遠い個室で作業を行っていた音川(おとかわ)は、眠そうな顔で伸びをしていた。

「んーっ！　はぁ……面倒くさい。大体、データの整理みたいなチマチマした作業を何でボクがやらないといけないのさ」

プリントアウトした書類の束を睨み、憤懣遣る方(ふんまんやるかた)ない様子で床を踏みつけた。

そして音川は、一瞬考えるように視線を斜めに上げた後、勢いをつけてリクライニングチェアから立ち上がった。

「そうだ！　あいつにやらせればいいんだ！　キヒヒ」

書類の束を摑んだ音川は、踊るような足取りで個室を後にして、隣の個室の前へと移動する。そして、ノックすらすることなく扉を開き、書類の束を投げ込んだ。

「ねぇ、それやっといてよ……って、あれ？」

個室の中は無人だった。それどころか、つい今しがた投げ込んだ書類が床に散らばっている以外は、荷物一つ見当たらない。

「……ああ、そっか。すっかり忘れちゃってたよ」

音川が苦笑いしていると、その背後から靴音が迫ってきた。

「そこで何をしている」

音川に声をかけたのは、赤い眼鏡をかけたスーツ姿の女——東雲（しののめ）だった。

「あっ、いや何でもないよ？」

我に返った音川は後ろ手で無人の部屋の扉を閉じ、何事もなかったように装った。

「それより、どうしたの？　社長がこのフロアに降りてくるなんて珍しいじゃん」

「ふん、お前が報告を碌に寄越さないからわざわざ来てやったんだ」

「げ……」

「それで、状況はどうなっている？」

「データのことなら、もうちょっと待ってよ。もう少しで出来るからさ」

本当は全く進んでいなかったが、音川はこの場を乗り切るためだけに安易な嘘をついた。

「……いや、それはもういい。それより、あちらの様子はどうなっている」

「ちょっとサイドエピソードを弄って不幸話にしてみたけど、あんまり効果ないみたい。正の数値ばっかり伸びちゃってさ。嫌になっちゃうよ、全く」

音川は、もういいというお達しに内心小躍りしながら報告する。

東雲の視線が凍てつくような鋭さを帯びていることには、全く気づいていない。

「そうか」

「もっとドッカーンって大きなことをしないとダメだね。そうだ！　前に言ってたアレやろうよ！　あの派手なやつ！　キヒヒ」

「例のプランか……準備はどうなっている？」

「勿論、バッチリさ！　いつでもいけるよ！　あとはあれを送るだけさ！」

音川が元いた個室の中を指差す。東雲が中を覗き込むと、展開された仮想ディスプレイ上に、作成中のメールウィンドウが開かれていた。

To：DtF Players
Subject：ご当選おめでとうございます！

Dive to the Fantasy運営チームでございます。

この度は、次期大型アップデートに伴うクローズド・ベータテストにご応募いただき、誠にありがとうございました！

さて、運営チームによる厳正な抽選の結果、あなた様は見事当選されました！　おめでとうございます！

先日ご案内いたしました通り、当テストでは、アップデート内容の一部を一足先にご体験いただけます！　また、限定アイテムが手に入るなど、盛りだくさんの内容となっております！　是非ご期待ください！

なお、日程、会場、交通手段等は下記ＵＲＬからご確認ください。

それでは皆様、会場にてお会いしましょう！　Ｌｅｔ’ｓ Ｄｉｖｅ！

第六話 苦悩

この日、ランドール王国の西端にある温泉村――ツグサ村の広場には、奇妙な格好の人々が詰めかけていた。髪の色や目の色、服装に至るまで統一感のない男女が総勢五十人。その五十人は皆一様に感嘆の表情を浮かべていた。

「すげぇ！　マジでリアルじゃねぇか！」

五十人の内、真っ先に声を上げたのは、彫りの深い野性的な顔の男だった。背負った大剣が小さく見える程の大柄な体躯と、全身を鎧で覆った姿は、正に戦士といった出で立ちだ。

「ホント、ちょー凄い！　服まですっごくリアル！　ほら見てよケンジぃ！　これ可愛くない？アップデートで追加されたら絶対買ってね！」

ケンジと呼ばれた男の隣に立っているのは、今流行りの巻き髪スタイルと、パッチリの二重瞼が印象的な女だ。服装は肩を露わにしたチューブトップと太ももむき出しのショートパンツ。どちらも今回のアップデートの目玉商品とされている新規追加アイテムである。

「任せとけって、サヤカ。さてと……」

二人の声を皮切りに、皆口々に声を上げ始め、広場が一気に賑わいだ。

ケンジはその喧騒の中で耳を澄まし、有益な情報を探っていく。すると、興味を惹かれる会話が耳に飛び込んできた。

「アップデートなんてどーせ大したことないって思ってたけど、びっくりしちゃったよー」

「そうね。それにこの後、大規模クエストも体験できるみたいよ？」

「それは楽しみだ」

興味深い会話を交わしているのは、三人組の女たちだ。三人の距離は近く、楽しげに話をしている。その様子は、仲の良さを窺わせるものだった。

「あいつらは……」

ケンジはその三人に見覚えがあった。先月初公開されたプレイヤーランキングにおいて、上位に名を連ねたトップランカーたちだったからだ。

ケンジは笑いを噛み殺して、さり気なく三人組に接近し、大袈裟に驚いてみせた。

「大規模クエストって、マジかよ⁉」

「え、ええ。本当よ」

三人組の内の一人、三角帽を被った魔法師風の女が引き気味に応じた。

「詳しく教えてくれよ！　なっ、頼むよ！」

ケンジは魔法師風の女の目の前で手を叩き、拝むように頭を下げる。

「……詳しくは知らないわよ。運営からのメールにそう書いてあっただけだから」

「ちっ……んだよっ。トップランカーの三人組だから、独自のツテがあるのかと期待しちまったじゃねぇか」

魔法師風の女の言葉に、ケンジは落胆した。欲しているのは誰もが持っている情報ではなく、皆を出し抜けるような旨い話だ。

「……何か言ったかしら？　言いたいことがあったら大きな声でハッキリと言ったらどうなの？」

ケンジは再び舌打ちをした。この手の芯の強そうな女は、ケンジが最も嫌いなタイプだ。女は従順に限ると常日頃から思っている。

だが、この三人組の力は非常に魅力的だった。ケンジのパーティーはサヤカ一人のみ。大規模クエストを乗り切り、他のプレイヤーを出し抜いてレアアイテムを持ち帰るには、戦力が心許ない。

ケンジは利益とプライドを秤にかけた結果、前者を選んだ。

「……なんでもねぇよ！　それよりもさ、俺たちをお前らのパーティーに入れてくれねぇか？　大規模クエストがあるってんなら、パーティーの人数は多いほうが良いだろ？」

「えー、二人でやろうよぉ。他の女と一緒なんてつまんない」

サヤカがケンジの裾を引っ張ったが、ケンジはすげなくその手を振り払った。

「うるせぇな。お前は黙ってろ」

付き合い始めの頃は従順で可愛げがあったのに、最近は文句ばかり言うようになってきたな、とケンジは内心で毒づいたが、顔には出さなかった。サヤカを想ってのことではない。目の前の三人組の受けが悪いだろうと思ったからだ。

「で、どうだ？」

「どうって聞かれても……」

魔法師風の女は眉をひそめたが、ケンジは押せばイケると判断した。善良な人間ほど、他人の頼みを断れないものだと、これまでの経験からよく理解していた。

「いいんじゃないか？」

口を挟んだのは、三人組の女の内、中性的な言動をしていた女だ。が、その言動に反して、良家のお嬢様のように色が白く、身体の線も細い。また、ロングストレートの黒髪がその美しさを際立たせている。

「ちょっと……凜？　本気？」

「頭を下げてまで頼み込んできているのに、断れないだろ？」

「それはそうだけど……ハルカはどうなのよ？」

「ん～、どっちでもいいよ～。凜とアリエッタで決めて～」

問いかけられた少女は、三人の中で最も幼い外見をしていた。まだあどけなさの残る顔はそっぽを向いており、サイドテールに纏めた髪の後ろで手を組んでいる。その仕草は、如何にも興味なさげな様子だ。

「もう……」

アリエッタと呼ばれた魔法師風の女がため息をつく姿を見て、ケンジは交渉の仕上げに掛かった。

「俺はケンジ。よろしくな」

「ちょっと、まだ組むって決まったわけじゃ――」

「そんな冷てぇこと言うなって。で、こっちが――」

「……サヤカ。ケンジの彼女。ケンジを盗ったら許さないからね」

ブスッとした表情で釘を刺すサヤカ。そのキツイ言い方で微妙な空気になり、沈黙が降りた。

――と、その時。

突然クラッカーが弾けるような軽快な音が広場に鳴り響いた。続いて広場の中央に白い煙が漂い始める。

「何、何？　何なの、これ⁉」

サヤカが腕にしがみついてきたが、ケンジ自身も理解が追いつかず、半ばパニックに陥った。それは他のプレイヤーたちも同様だったようで、辺りは一気に騒然となった。

そんな中、例の三人組だけは、冷静な感想を口にしていた。

「始まったみたいね」

「そうみたいだ。それにしても、面白い格好をした奴が出てきたな」

「ちょっと可愛いかも～」

三人の視線の先、広場の中央には、人形が浮かんでいた。二股の帽子に赤い鼻。その特徴的な顔は、ピエロにしか見えない。ただ、見る者を楽しませるような普通のピエロではない、とケンジは感じた。それは、ピエロの色彩が原因だ。胴体に着込んでいるスーツは左右で白と黒に分かれており、よく見れば顔も白と黒で塗り分けられている。その市松模様のような配色はどこか不気味だった。見れば見るほど不安に駆られ、何故かピエロ人形の白色部分が徐々に黒く染まっていくような、わけのわからない幻覚まで見え始める。

ケンジが囚われた妄想を振り払うべく、首を左右に振っていると、ピエロ人形がニィッと笑った。

「ようこそ！　『Dive to the Real Fantasy』の世界へ！　君たちを歓迎するよ！　ボクはフールっていうんだ！　皆のゲームプレイをサポートするから、覚えておいてね！　キヒヒ」

フールは両腕を大きく広げ、恭しく頭を下げた。

「まずは、当選おめでとう！　次期大型アップデートのテスターに当選した君たちは、選ばれしプレイヤーだ！　思う存分楽しんでいってね！」

ふわふわと宙を漂うフールの身振り手振りは大袈裟だ。腕を広げたかと思うと、急にくるりと回転し、よくわからないポーズを決める。そして、自己紹介の件では腰に手を当ててふんぞり返る等、いちいち仕草が大きくてコミカルだった。

「……んだよ、驚かせやがって」

ここまでの話やフールの仕草から、ケンジは冷静さを取り戻していた。周囲のプレイヤーたちも口を閉じ、フールの言葉を聞き漏らすまいと耳を澄ませている。

「さーて、早速だけど、これから君たちには、あるクエストに挑戦してもらうよ！　内容はとーっても簡単！　隣村に住み着いた野盗をやっつけるだけさ！　でも、気を付けてね。今までのようにはいかないかもしれないよ？　キヒヒ」

プレイヤーたちが俄にざわついた。

「どういう意味だ？」

皆の疑問を代弁するかのように、中性的な口調の女――凛が質問を口にした。

「キヒヒ。それは後のお楽しみさ！」

ケンジはフールの態度を見て、どこか不信感が拭えない奴だと感じた。愛想はいい割に、肝心なことを隠している。そんな素振りがあるからだ。だが、

「ちっ、全部ネタバレするはずがねぇか」

ケンジは演出の都合だと解釈し、唾を地面に吐き捨てた。

「さて、皆のお待ちかね！　報酬の話だよ！」

フールの口から出た『報酬』という言葉を聞いて、ケンジは今しがた感じていた不満を忘れ、フールに注目した。そのケンジに倣うように、他のプレイヤーたちも口を閉じ、次のフールの言葉を待ち構えている。

それも当然のことだった。ここにいるプレイヤーたちは、次期アップデートの先行体験が主目的ではない。一番の目的は、このテストプレイでしか入手できないと噂されているレアアイテムなのだ。

「皆、目の色が変わったね、キヒヒ。じゃあ発表しちゃうよ！　今回の目玉は……新武器、『刀』だ！　一振りだけの限定アイテムだよ！」

おおぉと、声が上がった。

ネットゲームにおいて、限定という言葉には大きな価値がある。他者が持っていないものを持っているということは、それだけで賞賛されるものだからだ。

「で、性能は!?　性能の方はどうなんだ!?」

はやる気持ちを抑えきれずに、ケンジは叫んだ。

ケンジは、限定品そのものにはさほど興味がなかった。それよりも重要なのは、他のプレイヤーよりも『ステータス的に』優位に立てるかどうかだ。

『Dive to the Fantasy』は、オンライン化された際に、対人戦(PvP)が導入された。プレイヤー同士で戦い、どちらが強いか競うもので、この対人戦(PvP)における強さこそが並び立つもののない一番の名誉だとされている。

そして現在、ケンジのプレイヤーランキングにおける順位は中の下。評価に困る微妙な立ち位置だ。この順位に甘んじていることは、ケンジのプライドを大いに傷つけている。

「キヒヒ。もちろん、性能も最高級品さ！　この後、凄く難易度の高いクエストもやってもらうんだけど、その時に間違いなく役立つよ！」

「──っし！」

ガッツポーズをとったケンジは、チラリと三人組に視線を向けた。揃いも揃って、見るからに高級そうな装備を身にまとっている。サービス開始当初からやり込んでいる者のみが持てるようなレアアイテムばかりだ。最近このゲームを始めたばかりのケンジには到底手の届かない代物である。

このままでは、いつまで経ってもトップランカーたちに追いつけない。だからこそ、今回の報酬は是が非でも手に入れる必要があった。

「喜んでくれたみたいで、何よりだよ。キヒヒ。じゃあ早速クエストの説明をしちゃうね！」

フールが再び大仰(おおぎょう)な仕草をしながら説明を始める。その一言一句を聞き漏らさぬようにと、プレイヤーたちは真剣な表情で聞き入っている。それらの顔は、これから始まるクエストへの期待で満ち溢れていた。

◆ ◆ ◆ ◆

夢を見た。この世界が崩壊する夢だ。

「はぁ、はぁ……来るな……来るなぁぁぁぁ！」

ランドール城内の廊下を俺はがむしゃらに走っていた。白で統一されていたはずの壁は何故か薄汚れた灰色。窓の外はコールタールを流したような闇に包まれ、何も見えない。

走る。じわじわと這い寄ってくる恐怖から逃れるために。

「くそっ！」

全力で駆け抜けながら、背後を振り返る。ただの薄暗い廊下だ。先が見えないくらい真っ直ぐに続いている。

突然、パリンと音が鳴った。それはガラスの食器が割れるような、乾いた破砕音だった。同時に背後の廊下に不気味なヒビが入り、崩落が始まる。砕けた破片が奈落の底へと吸い込まれていく。

俺は逃げた。目を閉じ、耳をふさいで、ただひたすらに逃げた。そうして自分を守らなければ、心が壊れてしまいそうだった。

だが、不意に前方から人の気配を感じて目を開けた。

「みんな！」

廊下の先には、家族同然の付き合いをしている女性たち六人が佇んでいた。その後ろにはトータ村の皆もいる。

「早く逃げるんだ！」

必死の思いで呼びかけるが、反応はない。皆曖昧な微笑を浮かべたまま動こうとはしなかった。

「何で……！　早くしないと！　あっ！」

俺が叫んだ瞬間、背後から迫っていたはずの亀裂が俺の脇を通り越し、前方の人たちへと迫っていく。

「くそっ！　ふざけるな！」

うまく動かない足を引きずり、懸命にみんなの元へと急ぐ。

だが、足掻く俺をあざ笑うかのようにパリン、パリンと世界が崩れ去っていく。亀裂は既に皆の目の前にまで達していた。間に合わない。

「みんなっ……！」

手を伸ばした瞬間、掛け替えのない人たちが無残に砕け散った。


俺は目を覚ました。

「はぁ……はぁ……」

荒くなった呼吸を整え、周囲を見渡す。

いつもと変わらない風景がそこにはあった。

ここは俺が毎日使っている寝室で、時刻は早朝。

俺が危惧している事は何一つ起こっておらず、のどかな日差しが窓から差し込んで来ている。

ここの所、毎日こんな悪夢ばかり見ている。

理由はわかりきっている。俺は恐れているんだ。

ここはゲームの世界。そして、その世界を司っているのはあのフール、もしくはその背後にいる何者かである。

つまり、そいつらの思惑一つでこの世界は簡単に崩壊してしまう。

その崩壊を止める術を俺は持っていない。

結局、俺はプレイヤーの枠を超えられていないのだ。

だからゲームの外にいる奴らには手も足も出ない。

嫌になるくらいクソゲーである。

こちらは一方的に奪われるだけ。反撃の一つすらできやしない。

しかもその奪い方が最低だ。

俺自身に何かしてくるならまだいい。

だが、前回のエローラさんを誘拐した手口から鑑みるに、恐らく奴らは俺の周りに危害を及ぼしてくる。

だから一番危険なのは、俺の周囲にいる家族たちだ。

その大切な人たちに何かあったらと思うと、気が狂いそうになる。

「……あれからもう、一ヶ月になるのか」

グランドクエストを中途半端な状態で放棄してから、もう一ヶ月が経とうとしている。

その間、俺の周囲は平穏なものだった。もう奴らに脅かされることはなくなったんじゃないかと勘違いするくらいに。

でも前回、そうやって安心したタイミングで奴らは仕掛けてきた。故に今回もそろそろ何かを仕掛けてくる可能性が高い。

だが、まだ反撃の糸口をつかめていない。

今の俺にできることは、現状を維持するために、ただ脳天気なフリをして日々の生活を送ることだけだ。

何か一つでもいい。手札が欲しい。そう思い続けてもう二ヶ月以上。未だ俺は暗闇に捕らえられ続けていた。

「おはようございます。もうお目覚めでしょうか？」

ノック音の後、扉の外からサクラの声が聞こえてきた。

もう仕事の時間らしい。

俺は深呼吸して気持ちを切り替える。

下手に考えや感情を表に出すのは愚策だ。何をするにしても奴らに気取られてしまっては話にならない。

それに何より、周囲にいる家族たちに心配をかけたくはなかった。

「さて、今日も仕事を頑張るとするか……ん？」

ふと視界の端に見慣れないものを見つけて、立ち止まった。

「何だ、これ……？」

目についたのは、分厚い本だった。その赤の背景に金の飾りが施された表紙には『Ｄｉａｒｙ』と書かれている。

俺は手に取り、後ろの頁（ページ）からパラパラとめくっていく。だが、頁はどれも白紙で、何も書かれていなかった。そして、始めの数頁までたどり着いたところで、ようやく黒い文字が見つかった。そこには、走り書きのような文字で大きく『悪魔』と書かれている。

「悪魔……？」

一体何のことだと思いつつ、内容を読み進めていく。

『奴は悪魔だ。手に入れた幸せを全て壊し、奪い去っていく。俺はあいつを許さない。許してなるものか。

俺は持てる時間全てを注ぎ込み、奴の打倒方法を探った。来る日も来る日も地下に籠（こ）もり、文献を読み漁（あさ）った。そして、遂に光明を得たのだ。悪魔には《真名》なるものが――』

そこで文字が掠れ、途絶えていた。

「……どういうことだ？」

書かれていた文字を読み終えた俺は、疑問で頭が埋め尽くされた。悪魔とは何なのか。そしてこの本は誰が書いたものなのか。

心当たりは……ある。この本に書かれている『奴』は、俺の知る『奴』に酷似している。加えて、この男はまるで――

「ハジメ様？」

扉越しに聞こえてきたサクラの声で、思考の海から意識を引き戻された。

「ああ、今行く！」

俺は後ろ髪を引かれつつも、眺めていた本をベッドに放り投げ、部屋の外へと向かった。

××××

今日の仕事は王都の視察だ。

「賑やかだな」

煩（うるさ）いほど飛び交う人々の声は、春の訪れを祝福するかのように皆明るい。

寂れていたこの王都は、ヘルプに書いてある通りの賑やかな街に戻りつつあった。路地に並ぶ家々の窓は開け放たれ、中から子どもたちの笑い声が漏れてくる。王都を立ち去ってしまった商人たちも戻って来つつあり、大通りには大勢の人々が歩いていた。城から遠目に見て思っていた通りの賑やかさである。

「順調なようで安心したよ」

この一ヶ月間、特に王都の復興に力を入れてきた俺にとって、この光景は感慨もひとしおだった。

俺は歩いていた足を止め、国王（仮）だとバレないように被っていた変装用のフードを払って振り返る。すると、俺の視察に付き合ってくれている、もとい勝手に付いてきたサクラがいた。

腕には例の子犬が抱かれている。

「はい。これもハジメ様の働きの賜物でございます」

出会った時より一回り大きくなった子犬、『非常食』を撫でながらサクラが言う。非常食は頭を撫でられて気持ち良さそうに目を細めていた。

その仕草が可愛くて、俺も頭を撫でてやろうと手を伸ばす。

そうして手が非常食の頭に触れようとした所で——

ガブリ。

「痛ってぇぇぇぇぇぇ！」

見事に指先へと噛みつかれた俺は、涙目になりながら慌てて手を引っ込めた。

すっかり忘れていたが、こいつは懐いた相手以外はこうやって噛むのだ。そして残念ながら俺は懐かれていない。

視界内にあるＨＰバーに目を向けると、１ドット減っていた。

俺に初めて手傷を負わせたのが、この非常食である。笑えない。

「……そう言ってもらえると頑張った甲斐があるってものだな。でも、この活気はそれだけじゃないんだろ？」

手をぷらぷらさせて痛みを逃がしながら、周囲に視線を巡らせた。

すると、通りを行き交う人々の笑顔が目につく。

また、遠くからやって来たと思われる異国風の人々も目につく。広場では吟遊詩人が国の歴史を詠い、その周囲を囲むように露天商がずらりと屋台を構えている。

隣国の楽団と思しき集団が綺羅びやかな音楽を奏で、その賑わいに花を添えていた。

「そうですね。数日後に商工会主催の祭典が催されますので、それが理由かと」

「あぁ、それでか。そういやそんな話もあったたな」

商工会は商人たちの寄り合いだ。商人ギルドと言い換えてもいいかもしれない。

ランドール五世の時代に発足し、王都を中心に商業の活性化に一役買っていたらしいが、貴族の反発を買って無理やりに解散させられていた。

で、俺が国王（仮）になってから嘆願書が届き、それを認可したことで活動が再開されたため、その記念として今回の催しを行う運びになったらしい。

ちなみに、その嘆願書を携えてきた代表者の顔を見て俺は驚いた。

何せやってきたのはトータ村で見たあの濃ゆい豪商だったのだ。

と言っても、もじゃもじゃに生えていたヒゲが綺麗さっぱり剃られていて一瞬誰だかわからなかったんだけどな。

どうやら奴隷商からは足を洗って、今は真っ当に商売をしているらしい。

やたらと紳士的な話し方をしていたので、俺は終始戸惑いを隠せなかった。

「はい。この祝賀祭目当てで他国からも人が押し寄せてきているそうです」

「なるほど、ね。でもその祝賀祭の名前は未だ納得がいかないんだが。何で俺に話が来ていないんだ？」

何故『婚約祝賀祭』という名前なのだろうか。俺はそんな祭典名を許可した覚えはない。

例によって俺の与り知らない所で決まってしまったらしい。

解せぬ。

「コルネリア様たってのご希望でございましたし、エローラ様にも口止めされておりましたので」

「またあの人か……」

もうエローラさんが女王になればいいんじゃないかなと最近思うんだ。

実際に言ってみたこともあるんだが、その度に都合よくエローラさんの耳が遠くなるので聞き入れてもらえたことはない。

がっくりと肩を落としていると、撫でられて気持ち良さそうにしていた非常食が突然顔を上げてサクラの腕から飛び降り、子どもたちに風船を配っている屋台に向けて一目散に駆けて行った。

その非常食の後をサクラが追尾していく。メイドらしい優雅な動作の割にやたらと動きが速いので、見慣れた俺から見てもちょっとしたホラーだ。

ものの数秒で非常食は捕獲され、連れ戻された。

その連行される最中も非常食はずっと風船の方に視線を向けている。

どうやら風船に興味があるらしい。

「買ってやったらどうだ？」

「あの風船をでしょうか？」

「そうそう。そいつ欲しがってるみたいじゃないか」

非常食はハッハッと舌を出しながら前足を風船に向かって伸ばしている。

その顔をじっと見つめていたサクラだったが、やがてポツリと呟いた。

「そうでございますね。では買って参りますので、少々お待ちください」

あっさりと首を縦に振ったサクラは、ひらりとエプロンドレスを翻して風船屋台の方へと歩いて行った。

——最近、サクラは少し変わった。

以前は何かにつけて行為の意味を聞いてきたサクラだったが、最近ではその回数が減ってきている。

人間味が出てきたとか、優しくなったという言葉がしっくり来そうな変化だ。

俺はそれを内心嬉しく思っていた。

「さて、と」

風船屋台は人気があるみたいで、通りにはみ出すほどの行列が出来ている。あの列ならば暫く時間がかかるだろう。

つまり俺は今、監視の目から解放されているわけだ。

来る日も来る日も仕事、仕事、仕事。毎日執務室と寝室を往復する日々で、休みは一日たりとも存在しないブラック企業だ。挙句の果てには、こうやって羽の伸ばせそうな仕事でさえ監視役がついて来る始末。

やってられない。

でも今、俺はその枷から解き放たれた。

そう、フリーダムなのだ。

「というわけで、さらばっ！」

隠密スキルを展開しつつ、俺は広場を後にした。

いや、しようとした。

「どちらに行かれるのですか？」

背後からガシっと俺の肩が摑まれる。

恐る恐る振り返ってみると、平らな表情のサクラがいた。

「ちょっとトイレに」

「トイレに何の御用でしょうか？」

しまった。この世界でその言い訳は通用しないんだった。

頭をフル回転して導き出した答えは、話題の転換だった。話を逸らしてごまかしてしまえというやつだ。

「……ところで、風船は買えたのか？」

「はい」

足元を見ると、非常食が嬉しそうに風船の紐を咥え、宙に浮かんでいる風船に触ろうとジャンプを繰り返している。

列が出来ている中、どうやってこの短時間で風船を購入できたのか……知りたいような、知りたくないような。

何にしても、逃亡失敗は確定のようだ。

再びがっくりと肩を落としていた所に、ふわりと風が頬を撫でていった。

その少し強めの風はサクラの髪を舞い上がらせ、頭につけているホワイトブリムを揺らす。

そして、その風に運ばれて宙に浮いていた風船がサクラの頭上へとふわふわ移動した。

その風船を追いかけた非常食がサクラのスカートに潜り込み——。

バサッ。

非常食の華麗なジャンプでスカートがめくり上がる。

白。

スカートから覗いた色は純白だった。

「あ……」

突然の事に、俺は全く反応ができなかった。

意外にもサクラも同様らしい。直立不動のまま固まってしまっている。

下着が見えたのは僅か一瞬。それも見慣れている下着だ。

でも、不意打ちとサクラの意外な反応の相乗効果で、魅力的かつイヤらしいものに見えてしまった。

　更にサクラはスカートを手で押さえ、やや縮こまっているように見える。それは無表情ながらもどこか羞恥心があるかのような仕草だった。

　一瞬、裏路地に連れ込んで押し倒してやりたいという衝動に駆られる。が、何とか抑え込み、平静を保った。

　俺は溜まっているのかもしれない。

　そんな馬鹿なことを考えていた俺とフリーズしているサクラを置いて、事件の犯人は風船で遊びながら遠ざかっていく。

　そうして小さな犯人が視界から消えたタイミングで、ようやく俺は我を取り戻して口を開いた。

「……なぁ、追わなくていいのか？」

　俺の言葉にハッとした表情を見せるサクラ。

　本当に放心していたらしい。

「申し訳ございません。探して参ります」

「あ、ああ。がんばってな」

　ペコリと腰を折った後、例のホラーな動きでサクラが離れていく。

　恐らくあの小さな犯人が捕まったら、サクラのお仕置きが待っているだろう。

　サクラのお仕置きは恐ろしい。

　エローラさんにペットは躾（しつけ）をしないといけないと諭されたサクラが、粗相（そそう）をした非常食にお仕置きをしている現場を一度見たことがある。

それはもう恐ろしい物だった。

無言。

非常食の前に座り、無言で圧力をかけ続けるのだ。

あれはガミガミ怒られるより余程怖い。

端で見ているこっちまで寒気がしてきたのだから、正面に座らされている非常食は途轍もない恐怖に襲われていたに違いない。実際、非常食はガタガタと震えていた。

どうして俺の周りにいるのは、怒らせると怖い女性ばかりなのだろうか。

ふとそんなことを考えてしまった。

だがしかし、俺は屈しない。

今はチャンスだ。たとえ後で説教を受けることになろうとも、今この瞬間の自由を謳歌するのだ。

そう言えば、あの姉妹の店が開店したらしい。しかもランジェリーショップ。まさに溜まったものが発散できそうじゃないか。

……でも、ちゃんと仕事もしないとな。うん。

本日の業務は視察だ。だから姉妹の店に視察しに行こう。そうすれば後々言い訳がし易いに違いない。

そんなヘタレな考えを引きずりながら、俺は意気揚々と歩き出した。

第七話 暗雲

「繁盛してるみたいだな」

「当然じゃない。あたしたちがやってる店なんだから」

食事時の人がはけた時間帯。その店内に客が誰もいないタイミングでハジメがやってきた。

こいつは視察って言ってるけど、サクラが付いていないから間違いなくサボりだ。

ホント、どうしようもない奴。

「姉さん、それはあんまり関係ないんじゃ……。たぶん立地が大きいんだと思う。商工会の方々が後押ししてくれたお陰だよ。感謝しないと」

「あのオヤジには感謝なんてしなくていいわ。アニタに手を出そうとしたんだからこれくらいやって当たり前よ」

あのオヤジはアニタに手を出そうとした悪党。

そもそも身売りすることになった事自体、人の良いアニタを騙してハメた結果だ。

だからこの程度の便宜を図ったくらいでは、贖罪にすらなってないとあたしは思う。

ちゃんと土下座はさせたけど、もっと搾り取ってもいいくらいだ。

アニタは優しすぎる。

「ちゃんと謝ってくれたんだし、それはもういいの。それに、ハジメさんが助けてくれたから私は大丈夫だったし」

頬を赤らめてそんな事を言うアニタは可愛い。

そんな仕草を見せられたら、ギュって抱きしめたくなる衝動に駆られてしまう。

あとでたっぷりとハグしてやろうと心の中にメモをした。

「それにしても、ハジメは何がしたいわけ？」

さっきからずっとあたしたちの陰に隠れるようにコソコソしているハジメに声をかける。

「いや、流石にこんな店で堂々とはできないだろ」

「そうかしら？」

自分たちの店を改めて見渡す。

それでようやく合点がいった。

「たぶん、このお店はハジメさんみたいな男の人にとって居心地が悪いんじゃないかな」

あたしたちの店は防具屋だ。

でも、盾とか鎧とかは扱っていない。

代わりに扱っているのは女性用の下着である。

店内にはパステルカラーの様々なデザインをしたブラやショーツが所狭しと並んでいて、とても華やかだ。

フリルのついた可愛いデザインのものから、ちょっと大人向けのセクシーなランジェリーまで豊富なバリエーションを取り揃えており、お客さんから好評を得ている。

これらの下着は全部アニタが作ったものだ。

我が妹ながら凄い才能だと思う。

「それもそうね。……で、何でそこにいるわけ？」

コソコソと隠れていたハジメは、今あたしの足元にしゃがんでいる。丁度支払いカウンターでその身体が隠れる位置だ。

これ、衛兵に突き出したら牢屋行きなんじゃないかしら。

「あう……ハジメさん。ちょっと恥ずかしいです」

カウンターで一緒に並んで立っているアニタも恥ずかしそうだ。

あたしたちは二人共ミニのスカートを穿いている。

だから、もう少し覗きこめば下着が見えてしまう位置にハジメはいるのだ。

「久々にこういうのもいいんじゃないかと思ってさ」

あたしたちの足をイヤらしく撫でながらハジメが言う。

ホント、男って馬鹿ばっかりだと思う。

女をイヤらしい目でしか見ないんだから。

でも、何故かこいつはひっぱたく気にはなれないのが我ながら不思議だ。

他の男なら間違いなく衛兵に突き出すんだけど。

「んっ……」

ハジメの手が段々と上に登ってくる。

撫でるような手つきだったのが、今は揉むようにあたしの太ももを触っている。

同じようにアニタも太ももを触られていて、恥ずかしそうに身を縮こめていた。

これがベッドの上ならあたしも止めはしない。

気持ちいいことはあたしも好きだし。

でも、ここは店の中で、今は営業中。

だからいい加減止めようとした所で、ふとハジメの顔が目に入った。

こっちを挑発するみたいな表情で笑っている。が、どこか精彩を欠いているのは、少しやつれているせいだと思う。

ここ一ヶ月、ハジメは精力的に国王としての仕事をこなしていた。それはあたしもよく知っている。

その頑張りのお陰で、あたしたちはこうして店を構えられているのだし、街を歩く人たちもどんどん増えていっている。

けど、それは激務だ。

執務室に行く度に思うんだけど、あたしには到底できそうにない。こいつの勤勉さには舌を巻くばかりだ。

それともう一つ、こいつが何か悩みを抱えているのもあたしは知っている。

普段人前では馬鹿ばっかりやってるくせに、人がいないところでは眉間にしわを寄せて何かを考え込んでいるのだ。

何に悩んでいるのかは知らない。

でも、普段の激務と合わせてこいつが疲れきっているのはわかる。

だから少しくらい遊ばせてあげてもいいんじゃないかなって思ってしまった。

そうして気がついたら、ハジメが触りやすいように足が勝手に開いていた。

「お？　やけに協力的だな。もしかして期待してるのか？」

「うっさい。違うわよ！　どうせ言ってもやめないんだろうから、さっさと終わらせて欲しいだけよ」

「そうかいそうかい。お、アニタちゃんも協力的で嬉しいね。実際、アニタちゃんはこういうの好きだもんな」

「あう……」

チラリと横を見ると、アニタも肩幅に足を開いていた。

まったく、姉妹揃ってなにやってるんだか。

たぶんこうして協力的になっちゃうのは、あたしたちが本当に嫌がることだけは絶対にしないという安心感があるせいだと思う。

だから安心して身体を預けられるよね、って前みんなで話していたのをふと思い出した。

それにしても、さっきからハジメは太ももしか触っていない。

これはこれでゾクゾクしてくるんだけど、もっと気持ちいい事を知っているあたしには少し物足りない。

せっかく触りやすいように足を開いてあげているのに。

「ん、あっ……。ねぇ、ハジメ。さっきから何で太ももしか触らないのよ」

だからついそんな事を聞いてしまったが、言ってから後悔した。

これではまるでおねだりをしているみたいだ。

「んー？　どこか触って欲しいところでもあるのか？」

案の定、ニヤニヤとイヤらしい笑みを顔に貼り付けたハジメが聞き返してくる。

あたしはその質問に睨みつけることで答えた。

わかってるくせに言わせようとしてくるこいつはたちが悪い。

それから数分間、ハジメはあたしたちの太ももを撫で続けた。

ただ触っているだけではない。

揉んだりツーっとくすぐるように指を這わせたりと、イヤらしい変化をつけて触ってきている。

だからだろうか。ただ足を触られているだけなのに、あたしは下腹部がジンと熱くなってきていた。

服の中に収まっている乳首もブラにこすれるくらい勃ってきている。

でも、刺激が足りない。

絶頂までは程遠く、欲求不満だけが蓄積されていく。

たぶん、ハジメもわかっているに違いない。

わかっていて……焦らしているのだ。

太ももの付け根まで登ってきた指は、期待を裏切ってすぐに下へと降りて行ってしまう。

あたしたちが触って欲しいと思っている部分には一向に触れてくれない。

「ねぇ、んんっ。触……くっ」

口から漏れそうになった弱音を、あたしはすんでの所で飲み込んだ。

だって何かムカつくのだ。

快楽は欲しいけど、ハジメには屈したくはない。

そんな葛藤に揺れていたあたしの耳に、アニタの声が聞こえてきた。

「ハジメさん……私もう我慢できないんです。お願いします。私のオ、オマ○コ弄ってください」

アニタが遂に白旗宣言をしてしまった。

そうやって素直になれるアニタはある意味羨ましい。

あたしにはそんな真似できそうにない。

だってほら、ハジメの顔を見てご覧なさいよ。

ニマーっと勝ち誇ったような表情をしているじゃない。

ムカつくったらありゃしない。

「誰かさんと違って、アニタちゃんは素直で良い子だな。ご褒美に、ちゃんと触ってあげるよ。ほら、見えるようにスカートをまくって」

わざわざあたしの方を見ながら、ハジメがそんなことを言う。

アニタはハジメの指示にコクリと頷き、軽くスカートをまくり上げた。

ミニのスカートは簡単にめくれ上がってしまって、アニタの綺麗な太ももと無地のショーツが晒されてしまう。

その絹のような肌をハジメの手が這い上がっていき、下着の船底に触れた。

「きゃうっ！　あふぁ……そうです。そこを触って欲しかったんです。あんっ！　ハジメさんの指で弄られて、オマ○コ気持ちいいです……」

下着にハジメの指が触れた途端、アニタの顔が一気にとろけた。

そしてあたしに見せつけるように、ハジメの人差し指がアニタのアソコを弄ぶ。

むにぃっと柔らかそうなアニタのアソコに沈んでいき、敏感なそこをかき回すように踊るその指から、あたしは目を離せなかった。

身体の奥が、熱い。

今あの指で触られたら、どんなに気持ちいいだろうと想像してしまう。

でも、こいつにねだるのは嫌だ。

そんな真似、あたしのプライドが許さない。

「姉、さん……？　気持ちいいよ？　あふぅ……んあああっ！　クリっ！　クリト○ス気持ちいいっ！」

まるで股間を見せつけるようにアニタが腰を前に突き出している。

その中央には、ショーツの上からでもわかるほど大きくなった敏感な突起が見えていた。

アニタの可愛い弱点。そこをあやすように優しくハジメの指がつついている。

そうしてハジメの指が触れる度に、アニタの腰が激しく揺れていた。

「姉さんも、素直に、んふぁ！　なろ……？」

うっとりと快感に浸った顔で、アニタが訴えかけてくる。

もう駄目だ。

あたしも欲しい。

でも、これはあたしがこいつに屈したわけじゃない。

アニタに説得されただけだ。そう、仕方がないことなのよ。

「ほら、ハジメ。あたしの方も触りなさいよ。どうせあんたも我慢できなくなって来てるんでしょ？」

アニタとハジメに背を向け、少し腰を折ってスカートに包まれたお尻を突き出した。

お尻を振るサービスも付け加える。

これでハジメも我慢できなくなって触ってくるに違いない。

と思っていたのだけれど――

「いや、俺はアニタちゃんだけで十分だな。ここの感触は凄く気持ちいいし、何より素直だしな」

ハジメがアニタの股間を弄りながら、褒めるように言う。

「ん、あっ。もう、ハジメさん……。そんなに私のオマ〇コ、いいですか？」

「ああ、柔らかくてぷにぷにしてて、とっても触り心地がいいよ。ずっと触っていたい。それに、これを触るとアニタちゃんがいい声で鳴いてくれるしね」

「あああん！　クリちゃん、ふああああっ！　そんなにシコシコされたら、勃っちゃいますぅ。ハジメさんの立派なオチ〇チンみたいにぃ、イヤらしく勃起しちゃいますぅ……！」

イヤイヤと首を横に振りながらも、アニタは一層股を開いて腰を突き出す。

敏感な肉豆をこね回されてビクビクと痙攣を繰り返している妹の様子は、あたしにとって最高のごちそうであるとともに、欲求不満をより募らせていく。

「気持ちいい？」

「はい。とても気持ちいいです。もっと……もっとしてください」

「ミリアのことは放っておいていいのか？」

「素直になれない姉さんは、ずっとそこで見てればいいんです」

「それもそうだな。じゃあ俺たち二人で楽しもうか」

「はい！　ああん……オマ〇コの穴も気持ちいいですっ！　ずぶって下着の上から指……んふぁあっ！　それも、いいいっ！」

見せつけるように身体を開いたまま、アニタはとろけた顔でこちらを見てくる。

そんな気持ち良さそうな顔を見せられてしまっては、もう我慢できなかった。

プライドを守っていても、この疼きは消えてくれない。

だからそんなもの、捨ててしまえば楽になる。

そう思うようになるまで、さほど時間はかからなかった。

「くうっ……あ、あたしも触りなさいよ！　触ってよ……お願いだから」

後半は少し涙声になりながら、あたしは必死に訴えた。

すっかり湿って中身が透けてしまっているだろう下着を差し出すように、お尻を突き出しながらハジメに迫る。

「そんなに刺激が欲しいなら、自分で触ればいいじゃないか」

でもハジメは、ニヤけ顔のまま突き放すようにそんな事を言って来た。

わかってるくせに。わかってるくせにっ……！

「自分じゃダメなのよ！　あんたに触られるのが一番いいの！　ああ、もうっ！　何でこんな事言わせるのよ！」

自分で言った台詞に頭を掻きむしりたくなった。

あまりの恥ずかしさでハジメたちの方を見ていられず、前に向きなおして顔を逸らす。

「あはは。素直になった姉さん、とっても可愛い。ハジメさん、もう許してあげてください」

「そうだな。これくらいで許してやるか」

聞こえてきたその言葉に、悔しさよりも先に安堵の方が訪れた。

ようやく。ようやく触ってもらえる。

あたしのヌレヌレになったアソコ。

……もう、気取った言葉を使うのはもうやめにしよう。アニタみたいに卑猥な言葉を使えばあたしはもっと気持ち良くなれる。

だから……オ、オマ○コ。オマ○コを触って貰うのをあたしは期待している。

それに……きっとあたしの弱点も。

そうやって期待に胸を膨らませていると、遂にその瞬間がやってきた。

「ん……んんっ⁉　ふひぃぃぃっぃぃぃぃぃぃぃぃぃ！」

でも予想していた優しい刺激とは違った。

ハジメの指があたしの……肛門に突き立てられたのだ。

アニタの痴態を見て十分な熱を持っていたあたしの身体では、そんな強烈な快感に耐えられるはずもない。

頭の中でスパークが弾け、一気に絶頂へと昇り詰めた。

「ひょんな……いきなりなんへ。おほおおおおぉぉぉ！」

「姉さん、イっちゃったみたい。すごい顔……気持ち良さそう」

快感の波が収まらず、あたしの足はガクガクと震え続けている。

それでも何とか倒れないように必死に足に力を込めた。

でも、そうすることでお尻にも自然と力が入ってしまい、突き刺さったままのハジメの指を締め付けるように穴がヒクヒクしてしまう。

そのせいで新たに快感を得てしまって、絶頂がループしていた。

「本当に、ミリアはここが弱いな」

「姉さんが素直になれる弱点ですから。もっと弄ってあげてください」

アニタの願いに応えるように、ハジメが尻穴に突っ込んでいる指を動かしてくる。

引っ掻くように腸壁を刺激されて、あたしは悶え狂った。

特に膣側の壁を引っかかれると途方もない快感が襲ってくる。

「んひっ、ふおおぉぉぉぉ！　ひげき、つよ、ひぃっ！　過ぎふぅぅぅぅ！」

気持ち良すぎて、ろれつが回らない。

何も考えられない。

もうこのままハジメの指だけを感じていればいいんじゃないかと、そんな事を思った。

でも、そんなタイミングでチリンと澄んだ音が店内に響く。

来店を告げる音だ。

「――っ！」

「あっ――！」

一瞬にして正気に戻ったあたしは、慌てて居住まいを正した。

隣に立っているアニタも同様だ。

「よおっ、儲かってるか？　って、あれ？　他に客がいないって珍しいな」

親しみのこもった笑顔とともに入ってきたのは、鎧をまとった女性だ。

美しい赤髪を短く切りそろえた褐色肌の美人で、確か城で兵士をやっていると聞いたことがある。

名前は聞いていないので、あたしは『女兵士さん』って呼んでいた。

その女兵士さんは以前ハジメに何かされたらしく、よくここでハジメの愚痴を漏らしていく。

あたしもハジメには言いたいことが山ほどあったので、お互いに愚痴で盛り上がっている内に意気投合し、ぶっちゃけ話をできるまでの間柄になった。

「今は昼時だからね」

「そうか。それにしても、姉妹揃って顔が赤いけど、体調でも悪いのか？　そうなら無理せず店を閉めて休んだほうがいい」

「い、いえ！　大丈夫です！」

「あたしも妹も体調が悪いってわけじゃないから、気にしないで頂戴」

「そうか？　ならいいんだが」

「そうそう。んっ……はうっ！　ちょっと今はやめなさいってば！」

この女兵士さんが来店してから大人しくなっていたハジメの手が再び動き出したので、あたしは慌てた。

気付かれないよう小声でハジメに呼びかけるが、聞き入れてくれる様子はない。

「さて、今日は何か買って帰ろうかな」

「珍しいじゃない。んくぅ……いつも、あたしたちと喋って行くだけなのに。んはぁ」

「たまには貢献しないとなって思っただけだ。それに最近、可愛い下着にもちょっと興味が出てきたんだ」

「へぇ～。どう、いう……心境の変化？　くっふくううん……」

下半身から襲ってくる快感に抗いながら、何とか会話を続ける。

あたしがカウンターの下でオマ○コを弄り回され、イヤらしい愛液を垂らしているなんて知ったら、この人はどう思うだろうか。

それを想像して、更に愛液を溢れさせてしまう。アニタの露出癖がうつってしまったのかもしれない。

隣にいるアニタは、顔を真っ赤にして下を向いて黙ってしまっていた。

でも幸い、女兵士さんはあたしたちがされている事に気づく様子はない。

案外鈍感なのかもしれない。

「お前たちが国王とその……爛(ただ)れた事をしているって聞かされて、その内私もそんな事を……だから可愛い下着も用意しておかないといけないかなって……。む、変な事を言ったか？」

その姿に似合わない少女的な可愛らしさに、思わず笑いが漏れてしまったらしい。

不満気に目を細めている様子は、姉御(あねご)というより思春期の少女みたいだ。

「ううん。ふっ……ああ。いいんじゃない？　可愛い下着を身につけておくのは、あたしたち女の子の嗜みよ。いざって時に幻滅されちゃったら、んくっ……嫌だしね」

そんな事を言いながら、自分が今穿いている下着を思い出す。

今日はちょっと大胆な黒のＴバックを穿いていたはず……。

ということは、さっきからハジメにはあたしのお尻が丸見えなわけで。

ああ、ダメだ。こいつに見られてるって想像するだけで、身体の芯が熱くなってくる。

「そ、そうだよな。でもどんな下着がいいかなんてわからないんだ。どういう下着がその……男受けするんだ？」

「そう、ね。可愛い下着なら、んっ、ふぅぅ。男は好きだと思う、くふぁ……けど。あたしもハジメ……じゃなくて国王陛下しか男を知らないから、あまりいいアドバイスはできない、かも」

まるであたしのオマ○コの形を確かめるかのように、割れ目に沿って前後に指が這っている。前の方に行くともうビンビンに尖っているクリト○スを撫で、折り返して後ろの方に行くとお尻の谷間まで指が入ってくる。そうやってあたしの一番の弱点をそっと撫でてからまた前へ。

一定速度で往復しているその指が後ろの方へ向かう度に、あたしはお尻に意識がいってしまい、来るとわかっている快感をつい待ち望んでしまう。

さっきと違って意地悪をしてこないハジメの指は、あたしの期待通り快感の穴を刺激してくれる。その度に身体がビクッと跳ね、気持ちのいい恍惚感があたしの全身を駆け巡る。

横目でアニタを見ると、アニタも同じことをされていた。

でもあたしとは少し違う。

アニタの場合は指が前に行った時に一番いい顔をする。

まるで天国にでもいるような至福に満たされた表情。それはハジメの指がクリト○スに触れる瞬間に現れる。

自分もあんな顔をしているんだろうかと思うと、羞恥で顔が熱くなっていくのを感じた。

「それで、いい。あいつ受けする下着でいいから、見繕ってくれないか？　大体、あいつのせいだ。私にあんなことまでしたくせに、最後まで手を出しやがらなかった。まるで私に魅力が足りないみたいじゃないか……」

尻すぼみに声が小さくなっていったので、途中から聞き取れなくなった。

よくわからないけど、ハジメ受けする下着を選べばいいということらしい。

快感に染まってしまっている頭を何とか動かしながら、それらしい下着を思い浮かべる。

でも、ハジメが邪魔してくるせいでうまく頭が回らない。

あたしの下半身は、むき出しのお尻を撫で回されたり、ただでさえ食い込み気味なTバックのショーツをグイグイ引っ張られたりして、弄ばれている。

もう足にあまり力が入らない。頭も真っ白になりそうだ。

でも、こうしてショーツで遊んでいるってことは、案外こいつはこういう扇情的な下着が好きなのかもしれない。

だから、あたしは今穿いているショーツと似たデザインのものを勧めることにした。

「っ、んふんっ……あ、あれなんか、どう？　たぶん国王陛下は、あんなの好きだと思う、わよ？くふぅ……」

「あ、あれか!?　あれはちょっと大胆過ぎないか？」

「それくらいで、んひぃ……丁度いいのよ。んんんっ、男に見せるためなんだから、ね？」

「そういうものなのか……。じゃあ、ちょっと試着してみようかな。試着室使っていいか？」

「ええ。もち、ろん、よ……んはぁ」

女性兵士は、あたしたちといい勝負をするくらい顔を赤く染めながら下着を手にとり、試着室へと向かっていった。

そうして離れていった途端に、ハジメが声をかけてくる。

「この下着、俺のために穿いてくれたのか？」

「ち、違うわよ！　そんな、わけ、んはぁぁぁ……！　ない……んほおおおぉぉぉ！　お尻っ！

お尻の穴グリグリはらめぇ……！　下着ごと突っ込んじゃ、うひぃぃぃ！　そう、そうよっ！　ん
ひぃ！　ハジメに見せるために穿いたわよおぉぉぉ！」

弱点をいじくりまわされて何も考えられなくなったあたしは、素直に白状してしまった。

丁度今日はあたしがハジメの部屋に行く番だったから、ちょっと気合を入れて下着を選んだのだ。

「そうそう。素直が一番。な？　アニタちゃんもそう思うだろ？」

「はいぃぃ。あの人に気付かれたらって思うと、とっても気持ち良かったです……。あん、あああ
ああん！　私の弱点クリぃぃ。あふうう。そんな風に潰しちゃ、駄目ですぅぅ！」

「あまり大きな声出すと、あいつに聞こえるぞ？」

「だって、だってぇ……！　気持ち良すぎて……」

「なら、いっそ見てもらうか？」

「あう……それは」

「それは駄目よ！」

すかさず止めに入った。

せっかくこの王都で初めて仲良くなれた友人なのだ。

いくら腹を割って話ができる間柄と言っても、こんな現場を目撃されたら流石に幻滅されるかも

しれない。

そう思ったあたしは更に制止の言葉を続けようとしたが、試着を終えた女兵士さんが戻ってきたので慌てて口をつぐむ。

その女兵士さんは顔全体が真っ赤に染まっており、足取りも怪しい。

自分の下着姿が刺激的だったのかもしれない。

「これ、もらうよ」

「そ、そう……？　気に入ってくれた、みたい、ね。んんっ、んんんんっ!?　あんひぃぃぃぃぃ！」

「あああああああん！」

姉妹揃って、はっきりと嬌声を上げてしまった。

不意打ち気味にアナルを思いっきりほじられたから。

きっとアニタもクリをつまみ上げられたに違いない。

「どうした……？　そんな声を出して」

「な、何でも、ない。あなたがそれを着てる所を想像したら変な声が出ちゃったのよ」

冷や汗を流しながら、ごまかすようにそう言う。

「なっ――!?　そんなものを想像するな！」

「ごめんって。くううぅぅぅ」

何とか誤魔化すことには成功したらしい。

意識を保つのすら危うくなってきたせいで誤魔化し方は酷いものだったが、何とかなったようだ。

「もう、からかうなよ。で、幾らだ？」

「えっと……」

お互い顔を真っ赤にしながら、会計を済ませていく。

でもあたしの頭の中は早くこの場から去って欲しいという思いでいっぱいだった。

あたしの身体はもう決壊寸前だ。

カウンターの下で両足はガニ股になってしまっている上に、さっきから顔が引きつり続けている。

そうでもしないと耐えられないのだ。

でもそんなあたしに対して、まるでイってしまえと言わんばかりにハジメの指がお尻の穴を責め立て続けている。

最後の慈悲なのかショーツは脱がされていないが、ひも状になっている部分をねじ込むように指で突き込まれているのだ。

弱点をこんな風にされて、気持ち良くないわけがない。

隣でお金を数えているアニタも似たようなものらしい。

小指大に勃起してショーツを押し上げているクリト○スは、ハジメの指によって容赦なく扱かれている。

あんなことをされたらきっとたまらないだろう。

現にアニタもあたしと同じようにガニ股になって冷や汗を垂らし続けている。

「はい、お釣り……よ」

震える手で何とか小銭を返す。

そんなあたしの様子を見て、女兵士さんは心配顔になっていた。

「本当に大丈夫か？　どんどん顔が赤くなってるぞ？　それに手が震えている」

「だい、じょうぶ、だから」

お願い、今日の所は早く帰って。

そこまで口にしそうになるのを何とか堪える。

イキたい。

でも今イってしまったら、この人に一番恥ずかしい顔を晒してしまう。

それだけは。それだけはっ……！

「そう、か？　なら、今日はこれで失礼しようかな。また相談に乗ってくれると嬉しい」

親しみのある笑顔でそう言ったあと、格好良い足取りでようやく店の外に続く扉へと向かってくれた。

もうすぐ人目がなくなる。

そうすれば、思いっきりイケる。

たった数秒。

女兵士さんが歩き去っていくその短い時間ですら、必死に絶頂を堪えているあたしには永遠にさえ思えるほど長いものだった。

しかもそのタイミングで、遂にあたしのショーツの感覚が腰回りから消える。

ショーツがずり降ろされてしまったのだ。

「ひっ——!?」

「あう……」

まずいまずいまずい。

今あたしの弱点は無防備だ。

散々いじられて敏感になりすぎたアナル。

そこにもしハジメの指をダイレクトに突っ込まれでもしたら……。

そんな恐怖に怯えていると、無情にも女兵士さんの足が止まる。

「ん？　何か悲鳴が聞こえた気がするが、どうかしたのか？」

「なんでも、な……い!?　んほぉ……くっ、うううううううううううっ！」

「あ……んんんんんんんんんんんっ！」

キタ。気持ちいいのがキてる。

あたしのお尻の穴にハジメの指が……ずぼって。

「そ、そうか？　じゃあまた来る。本当に身体には気をつけたほうがいいぞ？」

心配顔のまま、女兵士さんは店を出て行った。

チリンという音とともに、店の扉が閉まる。

その瞬間、あたしたちは爆発した。

「んほおおおおぉぉぉぉぉぉ！　お尻ぃ！　アナルほじられてっ！　イっくうううううううう

う！」

「ひぃあああああ！　クリぃぃぃいいい！　んきゅうぅぅぅぅ！」

盛大に潮をまき散らしながら、あたしたちは果てた。

限界まで我慢していた分、反動が凄すぎて頭の中がかつてないほど真っ白。

こうして意識がまだ残っていることが不思議なくらい。

ビクビクと自分の意思とは無関係に身体が痙攣する。

まるで自分の身体じゃなくなったみたいに暴れ放題だ。

カウンターに抱きつくようにつかまり、快感の波が収まるのを待つ。

一分以上続いたその快楽は……最高に気持ち良かった。

「派手にイったみたいだな」

満足そうな顔でハジメが顔を上げた。

その顔はやっぱり腹立たしかったが、どこか悪戯に成功した子どもみたいに無邪気で、少し可愛いと思ってしまった。

第八話　骸骨王

日が傾いた夕刻。俺とサクラは城へと戻ってきていた。

アニタちゃんやミリアと会った後、非常食を捕まえて戻ってきたサクラと合流し、当初の予定通り城下町の視察を行ったのだ。その帰りである。

ちなみに、あの羞恥プレイのあと、ミリアには思い切り睨み付けられた。

恐らく今晩あたり、文句を言いに乗り込んでくるんじゃないだろうか。

「もし来たら、どうしてやろうかな」

無意識に邪悪な笑みを浮かべてしまう。とりあえず、尻穴に指を突っ込んでから考えようと決め、歩き出した。今晩も楽しみだ。

「国王様のお帰りだ。開門！」

仰々しい音を立てて、木製の巨大な門が開いていく。このランドール城の大門は、建造から現在に至るまでの約百年間、一度たりとも破られたことがない。

俺は、巨人すら楽々通れるであろうその威容を見上げて、自然と畏敬の念を抱いた。

だが目下、圧倒的な存在感を放つ城門や、門兵が俺を国王と呼んだこと以上に気になっていることがある。

「なぁ、サクラ」

「何でございましょうか」

隣を歩くサクラは即座に返事を寄越すものの、目は一点を見つめたまま動かない。その視線は、抱きかかえている子犬——非常食へと向けられている。

「……いや、何でもない」

「そうでございますか」

抑揚のない言葉を置いて、サクラは先に城内へと入っていった。俺も続いて城門をくぐる。そして、兵士たちが駐屯する詰め所を通り過ぎ、窓を拭いていたメイドにかしずかれながら廊下を通り過ぎて、噴水のある中庭に到達した。この間、会話は一言もない。

ぶっちゃけて言おう。俺は今、大きな不満を抱えている。

先を歩くサクラは、非常食の頭を撫でることにご執心の様子。撫でられた非常食は、鳴き声とも欠伸ともつかない声を上げ、気持ち良さそうにしている。サクラも相変わらずの無表情だが、ご満悦のような気配がある。

いや、それ自体はいいことなのだ。サクラに活き活きとしてほしいと願ったのは俺で、非常食を飼うよう勧めたのも俺だ。これは思わぬ大成功と言える。

が、しかし。

俺への対応がおざなりになっている。そこが不満なのだ。彼氏に構ってもらえない女のような主張だが、どうにもならなかった。

敢えて声を大にして主張しよう。男だって構ってほしいのだ!

だが、実際に声は出さない。恥ずかしいからな。

「……じゃあ、サクラ。今日はお疲れ様」

俺の部屋とサクラの部屋はこの中庭を挟んで反対側にある。そのため、別れの挨拶を小声で呟いたが、サクラが振り返ることはなかった。規則正しい歩調でどんどん遠ざかっていく。

——何なのだろうか、この盗られた感は。

「……まぁ、いいか。サクラは楽しそうだしな」

そう結論付けて、自室へと向かう。が、その途中で背後から元気な鳴き声が聞こえてきた。

「ワン！　ワン！」

足を止めて振り返ると、ちょうど非常食がサクラの腕をすり抜けて駆け出していくところだった。

非常食は色とりどりの花が咲く中庭を駆け回っている。風に揺れる赤い花を目指していたかと思うと、急にターンして別の青い花へ。そしてその青い花に辿(たど)り着く前にまた方向転換して、ひらひらと舞う蝶を追い始める。

その非常食を追いかけるサクラは右往左往していた。先程ササッと捕まえてきた実力はどこへ行ったと疑いたくなるほど、不器用に追いかけ回している。

「何やってるんだ」

微笑ましい光景に、思わず笑みを浮かべた。

和(なご)やかな心持ちで眺めていると、今度は非常食が真っ直ぐに駆け出した。その先には地下への階段がある。地下牢へ続くあの階段だ。

サクラも非常食を追いかけて階段を降りていく。だが、いつも完璧超人に見えるサクラにしては危なっかしい足取りだった。

「んー……俺も追いかけるか」

不安を覚えた俺は、駆け足で地下へと向かう。長い階段を一段飛ばしで降りていき、下へ、下へ。背後から陽の光が届かなくなり、松明の明かりだけを頼りに下っていくと、やがて広いホールのような場所に出た。

「ここって、こんなに広かったっけな」

石壁に囲まれたドーム状のこの場所は、地下であることを忘れそうになるほど広い。奥には、それぞれ格子の扉が鎮座しており、ここが地下牢への入り口であることを如実に表している。

以前この場所を訪れた時は、こんな風に周囲の光景に目を向ける余裕などなかった。エローラさんを助け、ピエロ人形の思惑を躱す。その一念に突き動かされていたからだ。

「おっ、あっちか」

サクラの足音が聞こえる奥の扉へと向かう。

「……ん？」

扉に手を掛けたその時、ふと視線を感じて隣を見上げた。すると、松明の薄明かりに照らされて、俺の背丈の倍近くある巨大な石像が立っていた。筋骨隆々の肉体に布の腰巻きを身に着け、関節部分を金属の鎧らしきもので覆った偉丈夫。だが、そんなものより目を引く特徴がこの像にはある。

「腕が六本？」

太い胴体から伸びる六本の腕。それは正に異形（いぎょう）の象徴だった。

「これは……」

ただの石像。そう見逃すには特徴的過ぎた。普通にこの扉を潜（くぐ）ろうとすれば、必ず気付いてしまうほどの存在感がこの石像にはある。

この世界はゲームの世界だ。現実世界の常識とは異なり、ゲームにはゲームなりの常識がある。

その常識に照らしてみると――

「おいおい。これって、一種の警告だよな」

――力を持たない者は即刻立ち去るべし。

この石像は暗にそう語っているのだ。十中八九この扉の先には、石像のモチーフとなった強力な魔物が待ち構えている。戦闘の準備など全くしていない状態で挑むのは危険極まりない場所と言える。

――なんてな。

「さて、追いかけるとするか」

気負うことなく扉を開け、くぐり抜けた。

俺のレベルは１００を超えているのだ。今更何を怖がる必要があるのか。

俺は特に深く考えることなく、細い通路に足を踏み出した。

「ようやく見つけた」

遥か前方にサクラの背中を見つけた。一番奥にある一際大きな牢の前だ。

そしてその向こう側、牢の入り口を背に別の影が立ちはだかっていた。

「……やっぱりいたか」

大きな牢の鉄格子の前に一体の魔物が佇んでいた。

布の腰巻きを身に着け、関節部を金属の鎧で覆ったヒト型。特徴的な六本腕には、それぞれ切れ味の良さそうな曲刀を持っている。間違いなく、あの石像のモチーフとなった魔物だ。

だが、あれほど美しかった肉体美は見る影もなかった。代わりに目につくのは白い――骨だ。

「まさかスケルトンだったとは……」

死霊系魔物の代表格――骸骨（スケルトン）。死霊術師によって蘇らされた生者の成れの果てである。

六本腕のスケルトンの頭上を見ると、『スケルトンエンペラー』という真っ赤な文字が浮かんでいる。それがこの魔物の名称なのだろう。

その風通しが良さそうな身体の隙間から牢の中を覗き見る。すると、牢内のトイレらしき場所の壁にポッカリと大穴が空いていた。その大穴は洞窟になっているらしく、地肌が露出している。

サクラが動いた。牢の中に入ろうとスケルトンエンペラーの脇を通り過ぎようとしている。がその瞬間――スケルトンエンペラーの漆黒（しっこく）の眼窩（がんか）がギラリと光ったように見えた。

「――っ！　危ない！」

スケルトンエンペラーの六本腕が動き、手に持つ曲刀が怪しく光った。

サクラは気付く素振りすら見せずに牢の中に入ろうとしている。

「くっ――！」

今にも振り下ろされようとしている刃を睨みつつ、俺は対処法を捻り出す。

間もなく訪れる惨劇を回避するにはスケルトンエンペラーを物理的に止めるしかない。彼我の距離は十メートル。投射型の魔法では間に合わない。

「ならっ！」

詠唱短縮（クイックスペル）を用いて詠唱を行い、初級の風魔法を発動させる。即座にスケルトンエンペラーの足元に風の渦が巻き起こった。

対するスケルトンエンペラーは機敏な反応を見せ、風の渦が巻き起こったと同時に攻撃を停止し、後方へ飛び退（すさ）った。

「ふう……危なかった」

俺は一息ついた。牢の中へと目を向けると、丁度サクラが壁に空いた大穴へと入っていくところだった。

「さて、と……え？」

障害をさっさと排除してサクラを追いかけよう――そう思って視線を元に戻した俺は、予想だにしなかった光景に目を疑った。スケルトンエンペラーが攻撃を仕掛けた俺に見向きもせず、素早い動きで牢の中に入ろうとしているのだ。その先には、サクラの背中がある。スケルトンエンペラーは、明らかにサクラへと狙いを定めていた。

「……ちょっと待て！」

ふざけるなと睨みつけ、全力で後を追う。一方で、半ば混乱状態に陥っていた。

現実世界には現実世界のルールがある。物理法則から交通規則まで、様々なルールに則って世界は回っている。所謂常識というやつだ。

そして、ルールに則っているという点は、このゲームの世界も同じだ。ＨＰが全損すれば死亡するし、ストレージに格納したアイテムは重さを感じなくなる。これらがこの世界の常識であり、ルールである。

そして、そのルールの一つに『ヘイトシステム』というものがある。ＮＰＣの魔物は、最もヘイト値の高い敵性体に襲いかかるのだ。

このヘイトシステムは盾を持っているタンク系プレイヤーの生命線とも言えるシステムだ。盾役がヘイト値増加スキルを用いて注意を引きつけ、残りのアタッカーが攻撃に専念して殲滅する。これがパーティープレイの基本であり、連携の醍醐味である。故にこの手のゲームをやったことのあるプレイヤーなら、ヘイトシステムは肌に染み付いている。パーティープレイを碌にやったことのない俺ですら知っているくらい有名なのだ。

そしてこのヘイト値は、専用のヘイト値増加スキルを除き、基本的にダメージを与えた分だけ増加していく。

つまり、何もせずに通り過ぎただけのサクラより、直接危害を加えた俺の方が明らかにヘイト値が高く、狙われて然るべきであるはずなのだ。

しかし、目の前の光景は真逆である。ヘイト値が高い俺を無視して執拗にサクラを狙っている。

まるで、組み伏せやすそうな方から始末するといわんばかりに。

まるで、臨機応変な対応をする高性能なＡＩのように。

「くそっ！」

今のサクラを襲わせるわけにはいかない。サクラは強いが、今のサクラは不安定で、戦闘ができるかすら怪しい有り様だ。

背後から斬りかかられたサクラが、血溜まりの海に沈む。そんな未来の光景が鮮明に浮かんだ。

「……片付けるしかないか」

そう判断を下し、詠唱を開始した。すると、スケルトンエンペラーの足元で再び魔法の発生を告げるエフェクトが発生した。

だが、先程の魔法とは規模が全く違う。今度は注意を引くためのコケ脅しではなく、仕留めるためのものだ。

スケルトンエンペラーを中心とした一帯が昼の地上のように明るくなり、床が紅蓮(ぐれん)に染まっていく。そして次の瞬間――火山の噴火の如(ごと)く天井に向かって巨大な火柱が立ち昇った。

ファイアピラー。炎魔法ツリーに属する上位魔法である。

「よし、これで……って待てよ」

倒したと確信を抱いた瞬間、強烈な違和感に襲われた。

「……何かおかしいような」

視界は未だ眩しい炎で埋め尽くされている。石壁の表面が赤熱し、床の一部に至っては高熱のあまり溶解しつつある。このランドール城に登場する程度の魔物相手には過剰とさえ言える威力だ。

間違いなく倒したと判断しかけたその時、ふとあることに気付いた。

「経験値が入ってきていない……？」

通常、敵対する魔物を撃破したら、経験値を獲得できる。具体的には視界左上に経験値を獲得した旨(むね)の履歴(ログ)が表示されるのだ。

だが俺は、その経験値獲得ログを見た覚えがない。

「見逃したのか……？」

そう考え、メニューウィンドウを操作して戦闘ログを呼び出した。

表示されたのは次のようなログだった。

――ハジメはファイアピラーを放った！

――スケルトンエンペラーはマジックブレイクを発動した！

――ハジメのファイアピラーは無効化された！

「……は？」

俺が間の抜けた声を出した瞬間、突風に煽られたかのように炎が踊った。

炎が縦一文字に裂け、中から銀色の刃が顔を出す。続いて白骨の腕と関節部を覆う鎧、そして焦げ一つ見当たらない全身が姿を現した。

「無傷……だと？」

落ち着け、冷静になれと自分自身に言い聞かせる。予想外の出来事が起きた時、一番の悪手はパニックに陥ることだ。

大きく息を吐きだし、思考の邪魔をするものを頭の中から追い出す。そしてクリアになった頭で、改めて今起きた出来事を整理した。

「スケルトンエンペラーは上位魔法すら無効化するスキルを持っている……ということか」

言葉にしてみれば、たったこれだけの話であるが、これは非常に不味(まず)い。

俺が保有している主なスキルは『炎魔法』、『風魔法』、『隠密』、『盗術』、あとは取得途中の『使役』だ。つまり、戦闘を魔法に頼り切っているスタイルである。

「どうする……ちっ！」

考える暇すら与えてくれないらしい。スケルトンエンペラーは、間髪入れずに六本の曲刀を構え、突進してきていた。

迫る巨軀の骸骨と六本の白刃。その脅威が俺の頭上に降り注ごうとしている。まともに斬られれば痛いでは済まないだろう。

だが、俺にはエロという名のレベリングで得た補正がある。

「レベル補正を舐めるなよ！」

スケルトンエンペラーの挙動はスローモーションのように遅い。

加えて、このゲーム世界に登場する魔物は、現実世界にいる猛獣と違い、動きがある程度パターン化されている。例えば、『斬る』という攻撃は、大上段に構えての袈裟斬りか、横に構えての水平切りしか繰り出してこない。だから俺のような体術の素人(しろうと)でも避けけられる。

スケルトンエンペラーの構えは大上段。放たれるのは袈裟斬りだと判断した俺は、刃を振りかぶるほんの僅かな隙をついて、スケルトンエンペラーの脇をすり抜けた。だが――

「――ぐっ⁉」

左の二の腕に鋭い痛みが走り、たまらずうめき声を発した。庇うように手で覆うと、ぬるりと嫌な感触がした。

俺が振り返ると、数メートル先でスケルトンエンペラーも振り返っていた。その左側の腕に握られた一本の曲刀には、赤い液体が付着している。

「……これは」

何故斬られたのか、皆目見当がつかなかった。俺は確かに斬撃を避けたはずだった。

だが、蓋を開けてみれば血が流れている。傷口は横一線。つまり、スケルトンエンペラーは袈裟斬りに振り下ろした刃を返し、横薙ぎの斬撃を放った、ということだろうか。

嫌な汗が背中を伝っていく。

「……そういえば、あの時も似たようなことがあったな」

以前も魔物がモーションパターンにない動きを見せたことがあった。スラ丸を捕まえた時だ。

「……くそっ！　どうする？」

知恵を絞ってはみるものの、妙案は浮かばない。そもそも、切れる手札が全くないのだ。まるで運営側――手も足も出ない相手と戦っている気分だった。

しかも、敵は悩む暇すら与えてくれない。スケルトンエンペラーは、曲刀をバラバラの向きに構え、ジリジリと近寄ってきている。

敗北の二文字が頭を過ぎった。

と、その時——一陣の風が吹き抜けた。

その風は弾丸のように俺の隣を駆け抜け、スケルトンエンペラーに襲いかかる。キィィンと金属のぶつかり合う音が地下に鳴り響いた。

最初は何が起きたのか理解できなかった。だが、頭が冷えていくにつれ、理解が追いついていく。スケルトンエンペラーは二本の曲刀を交差させて防御の構えを取っている。その交差点に細身の刃を突き立てているのは、赤い軽鎧をまとった金色の髪の人物だった。

「ミリア⁉」

ツインテールの髪を揺らして、ミリアの顔が一瞬こちらへと向く。その顔には不敵な笑みが浮かんでいた。

「まったく……見てられないのよ！」

そう叫んだミリアは、後方へ大きく飛び退いた。その直後、三本の曲刀がミリアの立っていた場所を通過する。

豪快に右三本の腕を振り抜いたスケルトンエンペラーは体勢を崩し、僅かな隙を見せた。

「はぁぁっ！」

ミリアが床を蹴り、続いて通路の横壁を蹴った。曲芸のようにくの字の軌跡を描き、天井に着地する。そして、大きく膝を曲げ、高さ三メートルはあるその位置からスケルトンエンペラー目掛けて急降下した。

対するスケルトンエンペラーも驚異的な反応を見せた。曲刀での防御が間に合わないと悟ったのか、構えようとしていた左腕を止め、迫るレイピアの切っ先に向けて頭を突き出したのだ。

——ギィイィン！

再び響く金属音。天から降り注ぐレイピアの一撃は、黒兜(かぶと)によって見事に防がれていた。

「へぇ……強いわね、こいつ」

距離を取り、レイピアを身体の中軸に沿うように構えたミリアが感心するように呟く。

一方の俺は、ミリアたちの美しい攻防に見惚れていた。まるで重力など存在しないかのように華麗に舞う赤い蜂と、その一閃(いっせん)を防ぎ切る死者の王。それは現実世界にいた頃、画面越しに見て憧れを抱いた熱いバトルに他ならなかったからだ。

「……で、あんたは何をやってるわけ？」

ミリアがジト目を向けてくる。それでようやく我に返った。

「……あ、いや、こいつがサクラを襲おうとしていたから、それを阻止しようと……」

そう、当初の目的は襲撃の阻止だったはずだ。

だが、ミリアは呆れたように嘆息した。

「そんなことは知ってるわよ。そうじゃなくて、何をボーッと突っ立ってるのって聞いてるの」

「へ……？」

「あーもう！　イライラするわ……ねっ！」

体勢を立て直したスケルトンエンペラーが俊敏な動きでミリアの眼前へと迫っていた。苛立ちをぶつけるかのように、ミリアが刺突の連撃で応じる。

「あんた、ね！　いつもの余裕ぶった態度は何処へ行ったのよ！」

「は？　何を言って……」

「あたしが知っているハジメはね！　小賢しいくらいに頭使って、考えて、いつでも準備万端ですって顔してる男なのよ！」

　一閃の刺突と六振りの斬撃がぶつかり合い、火花を散らす。

「サクラが危ないんでしょ！　なら、あたしの知ってるあんたは、絶対に諦めたりなんかしない！」

　素早い動きで翻弄するミリアと、攻防一体の曲刀で堅実に守りを固めるスケルトンエンペラー。両者は互角の戦いを続けている。

「いつもの悪知恵はどうしたのよ！　あんたのその小賢しい頭で絞り出してみせなさいよ！　……らしくないのよ！　ほんと、イライラするわ！」

　頬を引っ叩かれて無理やり正気に戻された気分だった。

　敗北の二文字が頭を過ぎった瞬間、俺は確かに諦観の念を抱いていた。

　こいつは俺の手に負えない。だって、勝ち目がないじゃないか。だから仕方がないじゃないか、と。

「……何をやっているんだ、俺は」

激しく首を振る。そうして弱気な考えを振り払った後、意識的に口角を上げた。

「……ミリア。この世界に完璧な防御ってあると思うか？」

「はぁ？　急に何よ！」

間髪入れずに返ってきた言葉は素っ気ないものだった。だが、そのミリアの口の端は、俺と同じように上がっている。

「考えてみれば、この世界に完璧な防御方法なんてあるはずないんだ」

この世界はゲームの世界だ。そして、ゲームには『バランス』というものが存在する。

ある特定のスキルが強ければ、そのスキル以外は使えないもの――ゴミと化す。それは製作者にとって極力避けなければならない事態であり、神経をすり減らしている部分でもある。これはゲームを製作する上でのルールと言っていい。

だから、メタな視点で見れば、『魔法を完璧に殺せる』なんてバランスブレイカーなスキルを実装するとはとても思えないのだ。実装するとすれば、必ず――

「欠点がある」

詠唱し、頭上に赤い球体を生み出す。エクスプロージョンと名付けられた炎系爆発魔法である。

「ミリア！　今から援護するが、間違っても当たるなよ！」

「笑わせないでよ！　誰に向かって言ってると思ってるの！」

「そうかい！　じゃあ遠慮なく！」

ミリアとスケルトンエンペラーの距離が開いたタイミングを見計らって、爆裂球を放つ。

スケルトンエンペラーは過敏に反応した。ミリアに放とうとしていた追撃を急停止させ、曲刀を下段から上に切り上げる。その軌道上にあった爆裂球は真っ二つに裂かれ、音もなく消滅した。

「やっぱりな」

俺の予想は正しかった。やはりあのスキル——マジックブレイクは欠陥品だ。

今の攻防で、スケルトンエンペラーは、わざわざミリアへの追撃を取りやめてまで俺の魔法を『迎撃』した。それはつまり『迎撃しなければならなかった』ことに他ならない。

魔法は効くのだ。当たりさえすれば。

俺は詠唱を繰り返し、爆裂球を生み出していく。その数、二十。

「防ぎきってみせろよ!」

俺が指差したと同時に、爆裂球の群れがスケルトンエンペラーに殺到した。

スケルトンエンペラーは六本の腕を駆使して、一つ、また一つと切り裂いていく。正面から迫るものは袈裟斬りにし、左右から襲い来るものは水平に薙ぎ払う。背後から降り注いだ爆裂球でさえ、まるで後ろに目がついているかのように両断してみせている。さながら阿修羅(あしゅら)のような剣さばきだった。

通路を埋め尽くすように展開していた爆裂球は、その役目を果たすことなく消えていく。スケルトンエンペラーの顎(あご)が俺を嘲笑(あざわら)うかのようにカタカタと音を立てた。

そして、前正面へと放った最後の爆裂球が切り裂かれた、その時——俺は会心の笑みを浮かべた。

「あんたにしちゃ、マシな援護だったわね!」

切り裂かれた爆裂球から、レイピアの切っ先が顔を出す。俺の爆裂球に気を取られ、迎撃に手を取られたスケルトンエンペラーに為すすべはなかった。

白い骨の胴体へ細剣が突き刺さる。硬質な音が鳴り、続いてピシリとひび割れる音が聞こえた。

「はあぁぁ――っ！」

畳み掛けるように、ミリアが連撃を加える。肩甲骨、肋骨、大腿骨。鎧に覆われていないありとあらゆる骨に刃が突き立てられていく。

やがてスケルトンエンペラーが膝を折り、カランと乾いた音を立てて地に伏せた。

「ふぅ……」

ミリアが、額の汗を拭う。その何気ない動作を見て、この厄介な相手を倒した実感が湧いた。

「何とかなった……って、ミリア！　お前、その手！」

「え？　何よ？　ああ、ちょっと斬られたみたいね」

平然とした態度のミリアの手からは、赤い血が滴っていた。

「ちょっと待ってろ！　回復アイテム……くそっ！　何でないんだよ！　待ってろ！　すぐに治癒師を呼んでくる！」

「何をそんなに慌ててるのよ。これくらい、かすり傷じゃない」

「え？　ああ、そう言えばそうだな……」

「何を取り乱してるのよ」

言われてみれば確かにそうだ。ミリアの負った傷は浅く、ＨＰは一割も削れていないだろう。自然治癒でもすぐに回復してしまう程度のものでしかない。

だが、目の前にあるミリアの手からは赤い液体が滲み出している。それは、ここがゲームの世界であることを忘れるくらいリアルで、ミリアが生きていること、そして——死ぬ可能性があることをまざまざと見せつけていた。

——あるわけないじゃない。

ミリアの声が頭の中で再生された。以前、死者を蘇生させる方法があるかを問うた時のものだ。

「ほら、サクラを追いかけていたんでしょ？　さっさと行くわよ」

ツインテールを揺らして、ミリアが通路を進んでいく。その背中を眺めながら、俺は自分の抱いている感情を整理していた。

◆◆◆◆

「あいつの指示通りにしたけど、なーんかパッとしないんだよねー」

頭の後ろで手を組み、口を尖らせた音川は、椅子の背もたれをギシっと軋ませた。

音川がいるこの部屋は、オフィスの最上階にあるモニタールーム——通称『飼育部屋』である。

音川が椅子に備え付けられたボタンを押し込むと、薄暗い部屋の中、音川の周囲だけが青白く発光し、球体状のディスプレイが展開された。ディスプレイの中には大小様々なウィンドウがひしめいている。

「負の数値を増やしたいなら、もっと色々あると思うんだけどなー」

音川の目から見れば、上司のメガネ女——東雲のやり方は何処か甘いものに映っていた。一度介入する毎にインターバルを置く上、かなり慎重な性格からか、決定的なことには手を出したがらない。

例えば、間もなく始まる大規模イベントが東雲の面倒くささを如実に表していた。わざわざ扱いの面倒なリアルプレイヤーを招き入れたことで、プレイヤーたちをコントロールする手間が増えたのだ。

「ばっかみたいだよねー。手間ばっかり増やしてさ」

東雲がいないのをいいことに言いたい放題の音川は、乱暴な手つきでシステムを操作し、ウィンドウにのたくる文字群を立体映像に変換していく。そうしてディスプレイ上に現れたのは、3Dで再現されたランドール城の中庭だった。その中庭に、二等身の人形三体と子犬の人形が姿を現す。その四体の人形たちは、地下から戻ってきたところだった。

「毎回思うけど、この作業もすっごく面倒くさいんだよね！　なんで最初からこのマップを表示してくれないのさ！　東雲もそうだけど、前の社長も余計なことばっかりしちゃってさ！　嫌になっちゃうよ！」

ぶつくさ文句を言いつつ、音川は作業を進めていく。時間を巻き戻し、ディスプレイの片隅に表示されている履歴をひたすら拾い上げて保存。そんな単調な作業を繰り返していく。

「大体、制限が多過ぎなんだよね！　面倒な手続きがいっぱいだし、ゲームの中に介入するにはクエストにしないといけないし……あー、面倒くさっ！」

音川は駄々をこねる子どものように手足をバタつかせ、鬱憤を発散していたが、その途中、何気なく3Dマップを見た時、デフォルメされた人形たちの様子が目に留まった。

「あっ！　そうだ！　いいこと思いついちゃった！　キヒヒ」

ディスプレイ上の3Dマップは中庭から切り替わり、薄暗い地下の洞窟を映し出している。その洞窟の一角でメイド服姿の人形が子犬の人形を追いかけていた。

「別にクエストなんて使わなくても、あいつに直接やらせればいいじゃん！」

音川は椅子のボタンを操作し、仮想キーボードを引っ張り出した。そして、夢中でキーボードを叩き始める。

「ボクって天才かも！　キヒヒ――あれ？」

先程までとは打って変わったように、音川は声を弾ませていたが、ふと背後から音が聞こえて振り返った。

「失礼する」

入り口から入ってきたのは、背丈が二メートルを超える大男だった。薄暗い室内でも目立つスキンヘッドの頭と、かけているサングラスが周囲に畏怖を振りまいている。

「なっ!?　何だい君は！」

慌てて腰を浮かせた音川は、男のあまりに厳つい風貌に怯えながら、対抗するように声を張り上げた。

「……この部屋に機材の搬入を行うことになった。邪魔するつもりはない。君はそのまま作業を続けてくれ」

事務的かつ端的な説明を終えた大男は、屈(かが)みながらドアをくぐり抜け、室内へと入ってくる。

オールビューディスプレイの青白い光に照らされた大男の顔には、頬から顎にかけて大きな傷跡があり、巨体の持つ威圧感を更に増していた。

「かかれ」

「はっ！」

大男に続いて、小柄な男女が数名部屋の中に入って来る。更にその少年少女たちの後ろには、大きな長方形の箱が続いていた。

「誰の許しを得てこんな勝手なことをしてるのさ！　ここは会社の最高機密を扱ってる部屋だよ！」

「……我らは東雲社長の命に従っているだけだ」

「……へ？　あいつがこれを運び込めって言ったの？」

「そうだ」

「あいつ……」

音川は口を尖らせた。このような箱をこの飼育部屋に運び込むなら、前もって音川に伝えておくのが筋である。東雲がうっかりしていたのか、それとも。何れにしても音川は東雲に対して一層の不満を募らせた。

そして、音川たちが問答している内に、長方形の箱が部屋の中へと運び込まれていた。長さ三メートル、横幅一メートル程のその箱は、丁度人一人がすっぽり収まりそうなサイズだ。色は光沢を帯びた黒である。

「で、この棺桶(かんおけ)みたいなのは、何なのさ?」

「……答える義務はない。行くぞ」

大男は音川の質問を素っ気なく切り捨て、淀みない足取りで退室していく。少年少女たちも無駄口一つ叩くことなく大男の後に続いて部屋を出て行った。

ただ一人部屋の中に残された音川は、状況について行けず、ポカンと口を開けていた。

第九話　黄昏

「なあ、一。胡蝶の夢って知ってるか？」

広大な敷地を持つ一軒家の庭先。そこに無精髭を生やした中年の男がしゃがみ込み、小さな男の子に向かって問いかけている。

その無精髭を生やした男の顔を見て、途端に懐かしさを覚えた。あれは俺の父だ。

そんな父の正面に立つ幼い男の子は、よくわからないという顔をしていた。

俺はそれを見下ろすように空から眺めている。

そこまで理解してようやく気付いた。どうやら俺は夢を見ているらしい。

これは、俺自身の過去の記憶。まだ俺が父方の姓を名乗っていた頃。確か、小学校に上がる春先だっただろうか。庭には一本の桜の木が枝を広げ、春の訪れを知らせようと満開に咲き誇っていた。

胡蝶の夢とは、中国の説話である。

ある男が蝶になって自由に飛び回る夢を見た。そして目が覚めた時に、自分が蝶になる夢を見ていたのか、それとも蝶が夢を見て今の自分になっているのかわからなくなったという物語だ。

でも、蝶か人間かなんてことは些細な問題で、結局どちらであっても自分は自分なのだ。それを受け入れて生きていけばいい。

そんなことを説いている物語である。

——あの物語に出てくる主人公は、今の俺みたいな気分だったのだろうか。

そんな想像をした。

現実（リアル）と夢（ヴァーチャル）。どちらが本物で、どちらが偽物かなんて、今の俺にとっては取るに足らないことだ。

自分は確かに今ここに存在している。

周りには沢山の家族もいる。

これ以上の幸せはない。

だが、幼い子どもがそんな小難しい話を聞いても、物語が伝えたい本当の意味などわかるはずもない。

「蝶が人間の夢なんて見るわけないじゃん。何言ってるの父さん」

そう言って幼い俺は大爆笑している。対する父はむっとした顔だ。

今思うと、父は案外子どもっぽいところがあるなと、つい笑ってしまった。

「あら、二人で何をお話ししているの？」

そんな二人のもとにエプロンを身に着けた女性が現れた。手に盆を持ち、お茶の入ったグラスを運んでいる。母だ。

いつも笑顔を浮かべていた母。この人が怒っている顔は息子の俺ですら見たことがなかった。

こちらも懐かしいなと郷愁にかられていると、不意に引っかかりを覚えた。

——最近、似た人物を見かけたような。

そんな感想が急激に芽生えた。だが、それが誰なのか全く思い出せない。

「あ、お母ーさん。あのね、おとーさんがね。ちょうちょになった人の話をしてくれたんだ！」

「まぁ！　楽しそうなお話ね」

幼い俺の頭を撫でる母。その笑顔を眺めていても、答えは一向に浮かんでこなかった。

確かに最近、似た人物を見た覚えがある。だが、靄がかかったように像を結ばない。

俺は何故か不安にかられた。俺は今、思い出せないことへの焦り(あせ)を覚えている。

思い出せ。これまでに何か疑問を感じたことはなかっただろうか。違和感を覚えたことはなかっただろうか。

——お前は大事なことを忘れている。

そう脅すように、もう一人の自分が語りかけてくる。

「それでね、あとね、その人は自分が何なのかわからなくなっちゃったんだって。おかしいでしょ？」

「ふふふ。そうね」

幼い俺の拙い(つたな)説明を笑って受け止めている母。見ているこちらまで幸せになってくるような朗らかな笑顔だ。

——今この時が満ち足りているなら、それでいいじゃないか。

新たに現れたもう一人の自分が、諭すように囁いてくる。その囁きは、蕩けるような甘さを持っていた。

「だから、お父さんは間違ってるって教えてあげてたところ！」

「いや、そうじゃなくてだな……はぁ。もういい」

父がため息とともに肩を落とし、どかっと座り込んだ。胡座(あぐら)をかいて肘をついているあたり、どうやら完全にヘソを曲げてしまったらしい。

「ふふっ。そのうち一にもわかる日が来るわよ」

母は不機嫌そうな顔をしている父の背に手を伸ばし、優しく撫でながら宥(なだ)めた。

父と母はいつもこんな感じだったなと、思い出してまた懐かしくなった。

胸の中に渦巻いていた不安はいつの間にか消え去り、感じていた疑問も泡のように弾けて消えていた。

××××

夢の余韻に浸りながら、俺は目を覚ました。

部屋の中の明るさから、夕刻だとわかる。何で寝ていたんだろうと寝ぼけ気味の頭で思考を巡らせて、ようやく思い出した。

今日は珍しく午後の予定が空いたのだ。だから仕事が一段落ついた後、自室に戻った。

でも、そこから先の記憶がない。恐らくそのまま昼寝してしまったのだろう。

「ん……あれ？」

顔に当たる感触に違和感を覚える。

愛用している枕は確かに高級品で柔らかい。初めて使った時は、この世界の物理演算による再現性の高さに思わず感謝したほどである。

でも、こんなに温もりを持った包み込むような感触ではなかったはずだ。

「あ、起きちゃいました？」

頭上から声が降ってくる。リーナちゃんの声だ。

どうやら俺は膝枕をされているらしい。白の法衣から伸びる太ももの感触が柔らかくて気持ちいい。

夢見が良かったのもこの膝枕のお陰かもしれないなんて事を思いながら、ふとした疑問が口をつく。

「あれ？　いつの間に」

「少し前ですよ。ハジメさんの午後の予定が空いてるってお母さんから聞いたので、気分転換にどこかへお出かけしませんか？　って誘いに来たんです。でも、ハジメさん寝ちゃってたので」

「ああ、ごめん。すぐ起きる」

「いえいえ！」

ぶんぶんと、リーナちゃんが大袈裟なくらい首を振っているらしい。

起き上がろうとする俺を、リーナちゃんが優しく制止してきた。

ちなみに『らしい』というのは、実のところリーナちゃんの顔が見えていないからだ。

そびえ立つ巨大な山脈が俺の視線を遮っていた。

「それに、最近お疲れのようでしたし、こういうのもいいかなって。何か悩みがあるならいつでも相談してくださいね。皆心配してるんですよ？」

隠していたつもりなのに、どうやらお見通しのようだ。それに、『何か悩みがあるんですか？』とは聞かずに遠回しな言い方をするあたり、リーナちゃんらしい思いやりを感じた。

「なら、もう少しこのままでいい？」

先程見ていた夢のせいだろうか。今は無性に甘えたい気分だった。

「もちろん」

許可を得て、起こそうとしていた身体から力を抜き、心地よい膝枕に頭を委ねる。

その素晴らしい寝心地に、またもや睡魔が……と思ったが、そんなことはなかった。

男は揺れるものに視線が吸い寄せられると聞いたことがある。

女の子が身につけるピアスに目が行ったり、ポニーテールの女の子が魅力的に見えるのはそのせいらしい。

で、俺の目の前には山がある。

その山はリーナちゃんの息遣いに呼応して、微かに揺れ動いている。

しかも下から見上げてる分、その迫力は倍増されていた。

「んーっ」

唐突にリーナちゃんが伸びをし始めた。

縦に伸びる身体。引っ張られて持ち上がる巨大な果実。そうしてしばらく重力に逆らった後。

たゆん。

肩の力が抜けた途端、重力に引かれてダイナミックに弾んだ。

法衣に押し込められた爆乳が、まるで外に飛び出そうとするかのように暴れている。その縦横無尽に踊るおっぱいに目が釘付けになった。

俺は我慢できずに、人差し指をその柔らかい物体へと向ける。

リーナちゃんならきっと笑って許してくれるなんて思いながら。

むにゅぅぅ。

どこまでも指が沈み込んでいく。支えきれないほどの重量感を持ったおっぱいに包まれ、この上なく幸せな感触が伝わってきた。

「きゃっ⁉」

可愛い悲鳴が降ってくる。

相変わらず顔は見えない、と思っていたらこちらを覗きこんできた。その顔は、いたずらっ子を咎(とが)める優しい不満顔だ。

「もうっ！　何してるんですか」

ダメですよと、口を尖らせながら言ってくる。

でも、その口の端が少し上がり気味なのを俺は見逃さなかった。

つまりこれはオーケーってことで間違いない。

「仕方ないだろ。こんなものを目の前にぶら下げられたら、どうしても触りたくなるんだ」

そんな事を言いながら、視界の半分以上を塞いでいるおっぱいを下からツンツンと突っ突き続ける。

「ちょっと、やめてくださいってば」

あははと笑い声を上げながら、やんわりと制止してくるが、やはり本気でやめさせようという気はなさそうだ。

調子に乗って突く位置を変え、上へ上へと登っていく。

目指す先は勿論——。

「あ……あんっ。そこはダメですって」

どうやら捉えたらしい。

指はおっぱいのほぼ中央部分に沈み込んでいる。

ここがリーナちゃんの弱点。恥ずかしがり屋の乳首だ。

遂にはもう片方の腕まで動員し、両方の乳首がある部分をツンツン弄る。

その度に甘い嬌声が返ってくるのが楽しくて仕方ない。

「ん、あん……んはぁ。はぁ、はぁ……。もうっ！　ダメって言ってるじゃないですか。そんな聞き分けのない人にはこうです！」

リーナちゃんが赤く染まった頬をぷくっとふくらませたかと思うと、急に視界が塞がれた。

おっぱいが降ってきたのだ。

「うぷっ……」

俺の顔が柔肉に埋もれる。

その一つ一つが俺の顔より大きいものだから、文字通り埋没した。

お陰で息ができない。

「ふふん。これでもうオイタはできませんよ？」

何やら得意げな声が聞こえてきたが、それどころではない。

天国と地獄。

その狭間で俺はもがいていた。

要するに谷間に挟まれた幸せを感じつつ、窒息しそうになっているのである。

「んー、んー！」

「ダメですよ。逃がしません」

逃げようとしたところに、幸せが詰まった柔肉が追いかけてくる。

勿論俺を殺す気なんてないだろうから、適当な所で解放してもらえるだろう。

でも、何かそれだと負けな気がして癪だったので、反撃を試みる。

狙うは急所。相手の弱点を突くのは戦の基本である。

「あっ……はぁん。あ、ちょっと……吸い付いちゃ、噛んじゃダメですって。ふぁぁ」

あっさりと形勢が逆転する。

法衣が薄い生地だったせいか、唇に乳首の感触を捉えることができた。

そこを徹底的に吸い、甘噛みする。

ふと何で下着をつけてないんだろうという疑問がよぎったが、些細な問題だと横に捨て去った。

「あん……もう。ハジメさんったら」

仕方ないなぁとでも言いたげな様子で、俺は解放された。

「危うく死ぬところだった」

「喜んでたくせに。それに……あはっ。元気になってる」

見上げると、リーナちゃんの視線が俺の下半身に向けられていた。

勿論そこはテントを張っている。

そのきかん坊をうっとりと流し目で見た後、ボソリと問いかけてきた。

「……どうします？」

そう尋ねながら、柔らかい手のひらを俺の頬に添えてくる。

リーナちゃんの顔はどこか妖艶だった。

その童顔に反して、魔性の女という言葉がぴったりな雰囲気をまとっているあたり、流石エローラさんの娘というところである。

こんな誘いを受けて断る理由があるはずもなく、俺は後ろ髪を引かれながらも、リーナちゃんの膝枕から頭を起こした。

そして、そのまま期待の眼差しを向けてくるリーナちゃんの両肩を抱き、そっと押し倒した所で
――

コンコン。

部屋の扉をノックする音だ。

急な出来事に頭がフリーズしていた俺は、何も考えずに応答してしまった。

「はい？」

「ハジメさん、ちょっと話したいことがあるの。今大丈夫？」

全然大丈夫ではない。

でも混乱していた俺は、咄嗟にいつも通りの返事を返してしまった。

「ああ、どうぞ」

しまったあああ！　と後悔した時にはもう遅かった。

ガチャリと重厚な音を立てて、扉が開く。

「ハジメさん、例の地下室の件なんだけど……え？」

何やら書類を見せようとしている体勢のまま、エローラさんが固まった。

そりゃそうだろう。真っ昼間から娘が押し倒されているのだから。

とそこまで考えて、いや待てよと思い直す。そこは恐らく問題じゃない。

リーナちゃんとの関係はエローラさんも勿論了承済みだ。

何も問題はない。

その、はずだ。

以前もこんな自己弁護をした気がするなと既視感に襲われながら、エローラさんの言葉を待つ。

先ほどのリーナちゃんのように、仕方ないなぁとため息を漏らしてくれることを願って。

「リーナ……何やってるの？」

残念ながら俺の願いは叶わなかったようだ。

でも、俺が責められるわけでもないらしい。

エローラさんは、俺ではなくてリーナちゃんの方に視線を向けている。

「何って、見ての通りだけど？」

対するリーナちゃんは平然としていた。

そして、あろうことか上に覆いかぶさっている俺の首に両腕を回して来る。

丁度キスをするような格好だ。

その瞬間、ピキリと空気に亀裂が入ったように感じたのは、恐らく気のせいではない。

「……今日は私の番なの、知ってるわよね？」

「うん」

肯定しながらも、リーナちゃんの腕はそのままだ。

むしろより力が籠もってきている。俺が身体に力を入れていなければ、そのまま倒れこんでしまいそうなほど強い力だ。

何となく状況が飲み込めてきた俺は、流石にリーナちゃんの方へ流されてはマズいと、体勢を維持すべく力を入れる。

でも口は挟まない。挟むと碌な事にならないからだ。

沈黙は金。昔の人はいいことを言ったものだ。

「じゃあもう一度聞くわね？　何をしているのかしら？」

「さっきアニタちゃんから昨日の話を聞いたよね？　だからってことくらい、お母さんならわかるでしょ？」

昨日の話という言葉に引っかかる。『昨日』と『アニタちゃん』というキーワードが指す言葉はひとつしか浮かばない。あの店での出来事だ。

どうやらアニタちゃんが話してしまったらしい。

後ろめたい事がある俺としては、沈黙を貫き通す以外に選択肢はない。

「ええ、もちろんよ。だから今晩を楽しみにしていたんじゃない。その楽しみを横取りするなんて、幾らリーナでも許さないわよ」

「お母さんだって前にやったことあるじゃない。忘れたなんて言わせないよ？」

リーナちゃんの言葉を聞いて、そんなことあったかなと思い返してみると、確かにあった。

随分前のことだが、今回と似たようなことがあったのだ。まだトータ村にいた頃の出来事である。

向かい合う二人。両者ともに笑顔だ。

だが、その笑顔が一番恐ろしい。

俺は身を震わせながら、それでも何とか状況を打開すべく提案を持ちかけることにした。

「なら、いっそ三人で、な？」

沈黙は金と言うが、雄弁もまた銀なのである。

この二人が険悪になるくらいなら、自爆するくらいどうってことはない。そんな変に達観したことを考えながら、前回と同じ提案をしてみた。背中に流れている冷や汗は無視することにした。

途端に二人の視線が俺に集中する。表情からは何も読み取れない。

部屋の中を沈黙が満たす。徐々に不安が募ってくる。まるで判決を待つ罪人のような気分を味わいながら、二人の言葉を待った。

長い長い沈黙の後、はぁ……という深いため息が聞こえてきた。

エローラさんのものだ。

「もういいわ」

仕方ないわねとでも言いたげな口調。予想していた幾つかの反応の中で、俺にとって一番ありがたいものだった。

いつの間にかリーナちゃんの腕も俺の首元から離れている。

こちらは特に何も言ってこないが、その顔に反発の色はない。

「でも、そう言ったからには、今晩がんばってもらうわよ？」

そんな事を宣（のたま）いながらエローラさんがサディスティックな笑みを浮かべている。

早まったかなと思うも、時既に遅し。どう足掻いても、今晩はたっぷり搾り取られることだろう。

「ところで、さっき言っていた地下室の件って何だ？」

話を逸らしても誤魔化されないわよ？　とでも言いたげな笑顔を向けながら、エローラさんが答えてくれる。

「城内のメイドたちから苦情が来ているのよ。夜な夜な唸り声が聞こえてきて眠れないから何とかしてくれって」

「あ、それって『開かずの間』の話？　亡霊が住み着いてるって噂の」

リーナちゃんが話に乗ってくる。

どうやらそんな異名がついてしまうほど、有名らしい。

ちなみに亡霊なんてステキなものは住んでいない。

似たようなモノはいるけどな。

「そんな風に呼ばれてるのか……それは問題だな。何とかしておくよ」

「そうしてちょうだ――」

バンッ！

エローラさんの言葉を遮るように、部屋の扉が大きな音をたてて開いた。

三人で一斉にそちらへ目を向けると、そこに立っていたのはコルネリアだ。

息をぜぇぜぇと切らしている。

「はぁ、はぁ……大変なのじゃ！　サクラのワンコが！」

コルネリアの焦り具合と、その口から出た言葉の内容に嫌な予感がした俺は、すぐさま部屋を飛び出した。

自分の予感が当たらなければいいと、そう心から願いながら。

＊＊＊＊

「もう、終わりなのですね」

サクラは、今しがたまで眺めていたウィンドウから目を離し、自室を見回した。その見慣れた室内には丸テーブルと椅子のみがポツンと置かれている。いつも通りの殺風景な部屋だ。

だがこの殺風景な部屋にも、一箇所だけ彩りを感じられる場所があった。シングルベッドの脇に置かれている籠だ。そのフリルがあしらわれた網目模様の籠は、最近この部屋に新たに加わったサクラの私物である。

サクラは淀みない足取りで籠へと近づき、中を覗き見た。籠の中にすっぽりと収まっているのは、最近飼い始めた子犬——非常食だ。丸くなって目を瞑っている。

「……？」

非常食を眺めていると、不意に頬から水が滴り落ちた。

「これは何なのでございましょうか」

指先で拭い、しげしげと眺める。

涙という呼称は知っている。だがサクラは、自分の瞳から溢れ出していることとの因果が理解できなかった。

試しに自身のアバターへ『涙を流せ』と命令を送る。すると、先程と同じように目から涙が溢れてくる。現象だけを見るなら、先程と全く同じものだった。

だが、サクラはその涙をやや乱暴に拭った。

「違いますね。こうではございませんでした」

もっと内から湧き上がる何かに押され、堪えきれずに溢れたものだった。胸に手を当てる。鼓動は正常。寸分の狂いもなく刻み続けている。

だが、胸の中心部、その奥にサクラは痛みを知覚した。小さな棘が刺さったような極々僅かな痛みだ。

「わたくしは、一体どうしてしまったのでしょうか」

口に出してはみたものの、この疑問への解答をサクラは既に持ち合わせていた。

しかし、サクラは初めて抱くこの感覚に戸惑いを覚えずにはいられず、また、疑問を口に出さずにはいられなかった。

「実験は成功しつつあるのでしょうか。わたくしは間もなく、博士たちの思い描いた存在へと至るかもしれません。ですが、博士たちは本当にこのような――」

サクラの疑問を遮るように、鐘の音が部屋へと届いた。何の変哲もない夕刻の鐘の音だ。

だがサクラは、その鐘の音が持つもう一つの意味を正確に理解していた。

「そうでございますか。やはり、時間切れなのでございますね」

無表情を崩さないまま、機械的な動作で籠の中へと手を伸ばす。そして、眠ったままの非常食の首へと指を這わせた。

◆◆◆◆

「サクラ！　入るぞ！」

走ってきた勢いのまま、返事も待たずにサクラの部屋へと飛び込んだ。

「ハジメ様……」

簡素な部屋の奥、フリルのあしらわれた籠の側にサクラは立っていた。その腕には白い子犬――非常食が抱かれている。

「どうした!?　なにがあった!?」

サクラの側に駆け寄り非常食の様子を窺う。すると、非常食は荒い息を繰り返しながらグッタリとしていた。

「ハジメさん！　サクラちゃん！」

遅れてリーナちゃんとコルネリアが部屋に入ってくる。

「リーナちゃん、こいつを診(み)てやってくれ！」

「はい！」

駆け寄ってきたリーナちゃんが俺の隣に並び、非常食に触れて容態を診始める。

「どうだ……？」

「……見たことのない症状です。体力が落ちているようには見えませんし、傷も見当たりません。それに、毒や麻痺(まひ)にかかっているわけでもなさそうです。生きる力だけが根こそぎ奪われているような……」

説明するリーナちゃんの表情は険しい。そして、聞き漏らしそうなほど小さな声で、ポツリと呟いた。

「……まるで、お父さんの時みたい」

「え？」

「とにかく、やれるだけやってみます！　皆さんは少し離れていてください！」

「あ、ああ。わかった。ほら、サクラも」

「はい……」

サクラに非常食を籠の中へと降ろさせ、一歩退く。

俺たちが離れた途端、リーナちゃんが詠唱を開始した。

「白き清浄なる光よ――」

リーナちゃんの手許から淡い光が広がり、非常食の身体を包み込んでいく。

「――以って全ての者に光の加護を与えん。オールキュア！」

非常食の身体が一際大きな光に包まれ、一瞬部屋の中が真っ白に染まる。続いて天使の羽のような燐光がハラハラと舞い、雪のように溶けて消えていった。

その絵画のような美しい光景に一瞬目を奪われる。だが、その厳かな空気は瞬く間に霧散した。

「……そんな」

リーナちゃんが息を呑む。その視線の先には、力なく横たわったままの非常食の姿があった。

「どうしてっ……⁉」

リーナちゃんが再び詠唱を始め、部屋の中が光に満たされる。ＨＰ回復魔法、スタミナ増加魔法、そして状態異常治療魔法から薬草に至るまで、リーナちゃんは全ての可能性を試行していく。

しかし、非常食は一向に回復の兆しを見せなかった。

「……これは」

この世界において、回復魔法の治癒力は絶対だ。たとえ瀕死の重傷を負っていようと、回復魔法さえ唱えれば、たちまち傷が塞がり、元の健康な状態へと戻る。それがこのゲーム世界における常識であり、ルールだ。

だが今、その常識が覆っている。これは現実世界で言うところの、物理法則が覆るようなもので、本来あり得ないことなのだ。

そして、そのあり得ない事態が起きる原因は、一つしかない。

「フール……！」

この場にいないピエロ人形の名を呟き、俺は拳を握りしめた。

「ワンコ！　しっかりするのじゃ！」

我慢できなくなった様子で、コルネリアが叫ぶ。その隣で魔法を唱え続けるリーナちゃんは必死の形相だった。

「今度こそ、わたしが治すって決めたのに！　それなのに……！」

魔法の連発で疲労し、額から汗を滴らせながらも、リーナちゃんは治療を続けている。だが、その甲斐もなく――

「ああっ!?」

非常食の荒い息が消えていき、かすかに開いていた瞼の奥の瞳から光が消えていった。

「何で……どうして」

静寂が包む室内で、リーナちゃんのやるせない言葉だけが反響する。その頬には一筋の涙が伝っていた。

××××

日が沈んでいく。

遥か遠くに広がる空は朱に染まり、徐々に闇へと溶けていく。その光はどこか弱々しく、寂しい物だった。

この様な時間帯を黄昏時(たそがれどき)と呼ぶ。

夕闇の中では他人の顔がぼんやりとしか見えず、『誰(た)そ彼(かれ)』つまり『貴方は誰?』と問いかけるのが由来だと言われている。

そんな薄明かりの中、俺たちは佇んでいた。城の裏手にある墓地。その一角に俺たちはいる。

周囲を見渡すと、幾つもの十字架が並んでいた。一際立派な十字架の下には歴代の王の名前が刻まれている。

その墓地の片隅にある真新しい小さな十字架を囲むように俺たちの黒い影が伸び、座り込んだまま微動だにしない少女を見守っていた。

「そっとしておいてあげましょう」

やがて皆の心中を代弁するように、黒い衣を羽織ったエローラさんが言葉を紡いだ。

その言葉を皮切りに、一人また一人とその場を離れていく。

「……あとは任せたわよ」

ミリアが去り際に、俺の肩を叩きながら耳打ちしてきた。

俺は頷くことで返事を返す。

ミリアも満足気に頷きながら、皆に続いて去っていった。

残されたのは俺と、目の前で沈黙しているサクラだけ。そのサクラの背中は、目を離せばどこかへ消えてしまいそうなほど小さなものに見えた。

サクラにとって非常食がどういう存在だったかはわからない。でも、彼女にとって大切なものになっていたはずだ。少なくとも、もう食卓に並べようとは言わないだろう。

そして、そんな存在を失った直後に掛けて欲しい言葉なんて何もない。

俺も両親を失った時はそうだった。

「……ハジメ様」

間もなく夜の帳が降りるという頃になって、ようやくサクラが口を開いた。いつの間にか立ち上がり、こちらを向いている。

「どうした？」

その表情は相変わらずの無表情。しかし俺には、悲哀に満ちているように見えた。決して夕闇のせいだけではないはずだ。

「わたくしは、どうかしてしまったのでしょうか」

淡々と紡ぐ言葉に力はない。普段のサクラと比べて、まるで別人のようにか細い声だ。両腕で自らを抱くようにして、微かに震えている。

「ただ飼っていた動物が死んだだけ。それだけの話でございます」

そこに大した意味はないと、弱々しい声で言う。その声が何より心の内を物語っているというのに、この少女だけが自分の胸の内に渦巻いている感情を理解していなかった。

「それに、飼っていたのは僅かな間で、わたくしは少しの間、世話をしていただけでございます」

いや、理解しているのかもしれない。伏せられた顔には、悲哀と諦観が浮かんでいる。

「一緒に過ごした時間は、ごく僅かしかございません」

サクラは尚も語り続ける。自分は悲しんでなどいない。そう自分に言い聞かせ、感情を押し殺すかのように否定の言葉を並べ、感情そのものを否定している。

「それなのに、何故でしょうか。あの子の顔が頭から離れないのです」

もう聞いていられなかった。

俺はサクラの華奢(きゃしゃ)な腕を引っ張り、抱きしめる。

「もういい。もういいんだ……。サクラはあいつのために悲しんでる。それでいいじゃないか」

サクラの身体からふっと力が抜けた。

「そう、ですか。やはり、これが悲しいという感情なのですね」

サクラが身を預けるように、もたれかかってくる。身体の震えは止まっていた。

「……ハジメ様、どうかされましたか？　何故泣いておられるのですか？」

気が付くと俺の頬には涙が流れていた。

非常食が死んだこと。サクラの言葉。その全てが悲しかったから。

「悲しい時は泣くものなんだよ。まったく、こんな時にまで質問ばかりで困ったメイドだ。それに泣いてるなんて指摘するんじゃない。恥ずかしいだろうが」

ごまかすために、ブリムが乗った頭を乱暴にぐしゃぐしゃとかき回す。

しばらく大人しくされるがままのサクラだったが、その後意外な反応が返って来た。

「ふふふ。そうですね。申し訳ございませんでした」

笑ったのだ。

それは口の端を僅かに上げる程度の変化。でもそれは、紛うことなき笑顔だった。

だが――

サクラの笑顔を見て、喜びとは別の感情が湧き上がってきた。

それは――驚愕だった。

「なっ――!?」

見慣れたサクラの顔。しかし、この顔に疑問を持ったことはなかっただろうか。

そう、あるのだ。最初に出会った時、懐かしさを感じたのである。

結局勘違いとして記憶の底に埋もれてしまったあの時の印象。それが今になって浮かび上がってきた。

サクラの笑顔は、俺のよく見知った人物にそっくりだったのだ。

「母……さん？」

俺が幼い頃に他界した母。その面影がサクラの笑顔と重なった。

「くっ……」

俺は首を横に振り、余計な先入観を取り払った。そうしてフラットな目線でサクラの顔をあらためて眺めてみる。が、結果は変わらなかった。

全てが似ているというわけではない。俺の母は黒髪で、サクラは銀髪。もちろん目の色だって違うし、肌の色も違う。

だが、それらの異なるパーツの印象を全て吹き飛ばしてしまうほど、サクラの笑った顔が母の笑顔によく似ているのだ。何より、その雰囲気が瓜二つだった。

他人の空似と言ってしまえばその程度のレベルなのかもしれない。でも、これを偶然と片付けられるほど、俺の周囲は平和ではない。

「なぁ……」

抱きしめていた身体をゆっくりと離し、俺はサクラから距離を取る。

そして身構えながら尋ねた。

「お前は……誰だ？」

そんな問いを発しても、素直に答えてくれるとは思えない。でも、問わずにもいられなかった。

この数ヶ月あまり、一緒に過ごした仲である。

俺はこいつのことが嫌いじゃない。むしろその逆なのだ。

だからこそ、信じたかった。

信じるに足る言葉が欲しかった。

「なぁ、答えてくれよ」

俺の想いを他所に、サクラはじっと佇んでいる。その表情は暗くてよく見えない。それが一層不安を募らせる。

十分以上そうしていただろうか。もしかしたら数秒だったのかもしれない。

やがてサクラが口を開いた。

「わたくしは――」

その後に続く言葉を想像し、俺は身を硬くする。

もし裏切られたらどうするべきか。そんなことばかりが頭の中を駆け巡っている。

だが、その回答は結局得られなかった。

奴が来たのだ。この耳障り（みみざわ）りな笑い声だけは、何があっても忘れない。

「やぁ。久し振りだね、ハジメ君？　キヒヒ」

第十話　紅の惨劇

「フール……！」

笑い声がした方へと振り返ると、小馬鹿にするような笑みを浮かべたスーツ姿の人形が、ふわふわと浮かんでいた。

「こうして直接会うのは数ヶ月ぶりだけど……中々顔つきが男前になってきたんじゃない？　キヒヒ。どう？　ボクの方は何か変わったように見える？」

フールは俺の顔をググっと覗き込むようにした後、まるで新しい服を買ってもらった少女のようにくるくると回る。

だが変わるも何も、所詮（しょせん）ピエロ人形。変化などあるはずもない。

つまり、俺の神経を逆なでするためだけにそんな事を聞いているのだ。

「ふざけるな！」

俺がこの世界に閉じ込められているのも、この国で戦が起きようとしたことも、そして、非常食が死に、皆が涙を流したことも、全てこいつのせいなのだ。

感情が爆発し、気がつけば拳を握りしめて殴りかかっていた。だが――

「ざーんねん」

パキン！　と硬質な音が鳴り響く。ピエロの顔面へめり込むはずだった俺の拳は、その数センチ手前で停止していた。

「キヒヒヒヒ！　以前殴りかかられた時、危なかったからね。ボクのアバターは特別製になったんだ！」

見えない壁越しに、フールがこちらを覗き込んでくる。その顔には満面の笑みが浮かんでいた。

「この壁は絶対防壁（アンチ・ダメージコード）っていうんだ。物理、魔法その他一切の攻撃を遮断してくれる優れものだよ！　凄いでしょ？　キヒヒ」

俺は無言で後ろへと跳躍し、自慢気に語るフールから距離を取った。

「あら？　あらあらあらぁ？　もう終わり？　もっと遊ぼうよ！」

空中をピョンピョンと跳ね、踊るように俺の視界をうろつくピエロ。

俺は無意識のうちに拳を握りしめていた。その手は震え、手のひらからは一筋の赤い線が伝っている。

「ねぇねぇ、だんまりなんてつまんないよ！　もっと楽しくお喋りしようよ！　キヒヒ」

俺はできるだけ感情を殺して、奴が飽きるのを待った。コイツを喜ばせるような事だけは絶対にしたくなかったのだ。

ちらりとフールの視線があさっての方を向く。

その動作の意味はすぐにわかった。ＶＲゲームでこの動作は、腕時計を覗きこむのと同義なのだ。

要は時間を確認したのである。

でも、フールの事情など知る由（よし）もない。

時間の都合が悪いならむしろそのまま立ち去って欲しいと、心の底から思った。

「ところでさあ――」

だが、時間を気にした割に、その後もフールはあれこれと無駄話を持ちかけてきた。

それに付き合う理由も義理もない俺は、その尽くを無視する。

やがて反応を寄越さない俺に飽きたのか、フールが諦めたような声を上げた。

「……いいよ、もう。つまんないからやーめた。じゃあ、とっておきの話をしてあげる。これを見ても無反応でいられるかな？　キヒヒ」

フールが指でパチンと音を鳴らす。その瞬間、強制的にウィンドウが開かれた。

俺は吸い寄せられるように、文字を読む。

――グランドクエスト第二章『異邦人』を受注しました！

――謎の一団がトータ村の襲撃を目論（もくろ）んでいる。その襲撃を阻止し、犯人を突き止めよ！

そんな文字が躍っていた。

「あ、あれ……？　ハジメ君、あんまり慌てないんだね？」

特に表情を変えない俺の反応が意外だったのか、フールが戸惑った声を上げる。

だが、俺が慌てる理由はどこにもない。

つい忘れがちになるが、ここはゲームの世界だ。そしてゲームであるが故に、暗黙のルールというものが存在する。その一つとして挙げられるのが、『プレイヤーのクエスト進行を妨げる事象は起きない』というものだ。

要するに、『襲撃を阻止する』というクエスト目標があり、俺というプレイヤーがそのクエストを進行させない限り、トータ村は安全であると言えるのだ。エローラさんが連れ去られた時と同じである。

だから俺は悠然と構える。

そんな俺を見て何を思ったのか、フールが突然吹き出した。

「ぷ……っ！　あはははははははははは！」

何が面白いのか理解できない俺は、沈黙を貫く。

「あははははは！　ダメだ。我慢できないや！　ひひひっ。お腹痛いいい」

腹を抱えながら、地面をゴロゴロと転がりまわっている。

その姿は他人を小馬鹿にしながらも、いつも余裕がある振る舞いをしていた『フール』というキャラクターとは違い、どこまでも生々しい反応。

恐らくこれがこのフールを操る人間の素の姿なのだろう。

「……何がおかしい」

「だってさぁ……あははははは！　ふぅ……笑い死にするかと思ったよ。確かにハジメ君が予想している通り、ボクらはゲームシステムそのものには手を加えられない。全く、めんどくさい話だよね。よっと！」

心底嫌そうな顔をしたフールがそこで言葉を切り、反動をつけて飛び起きる。そうして立ち上がったフールは、その顔に不気味な笑みを張り付けていた。

「時間稼ぎももう十分だし、ネタばらしターイム！」

唐突にくるりと変身でもしそうな勢いで回るフール。そのフールの全身からは、楽しくて仕方ないというオーラが溢れ出していた。

これは悪い知らせの前触れ。もたらされるのは不幸の手紙。

俺は持てる全ての力を尽くして、頭を回転させる。

「システムの抜け道を探すのは、何も君の専売特許ってわけじゃないんだよ」

「システムの抜け道……？」

システムの抜け道と言われて一つの可能性にたどり着き、俺は息を飲んだ。

何故気づかなかったのか。

目の前にフールという$\overset{\text{プレイヤーキャラクター}}{\text{ＰＣ}}$がいる。つまり、この世界はもうオ、フ、ラ、イ、ン、で、は、な、い、のだ。

「例えば、プレイヤーがいない所で勝手にクエストを進められないって言うならさ……」

――プレイヤーが沢山いればいいんだよ。

そんな囁きが耳に届く前に、俺は駆け出していた。

××××

紅(あか)い。

ペンキで塗りたくったように、視界一面が真紅に染まっている。

ここはトータ村の入り口だった場所。

いつも衛兵がいて、モンスターの侵入から村を守っていたはずのこの場所には、まるでエローラさんが連れ去られた時のように人影がない。

皆何処へ行ってしまったのだろうか。

歩く。

所々何かで抉ったような穴のある道を淡々と歩く。

その道端には看板が転がっていた。もはや何の看板だったかもわからないほど焼け焦げ、炭化している。

並んでいる建物の窓ガラスは尽く砕け散っていた。その風通しがよくなった建物の中にも人影はない。

あるのはただ、よくわからない人のような形をしたモノだけ。そして、そのよくわからないモノは、真新しい羽根ペンを握っていた。

霞がかかった思考のまま、歩く。歩く。歩く。

パチパチと炎の弾ける音が煩い。日が沈み、月明かりに照らされた薄闇を、紅の炎がゆらゆらと照らし出していた。

何かが焼ける匂いが無理やり俺を現実に引き戻そうとしてくる。

でも、俺の頭は理解しない。理解する事を頑なに拒んでいた。

突然、カツンという音が足元から聞こえて来る。目を向けると、また看板が転がっていた。どうやら気付かないまま蹴り飛ばしてしまったらしい。

コロコロと転がっていく看板。

それはまるで俺を導くように、前へ前へと転がっていく。俺は無心で後を追った。

転がる看板。後を追う俺。

そんな妙な組み合わせの鬼ごっこはすぐに終わりを迎えた。

コン。

看板がナニカにあたって表を向き、止まった。それでようやく何の看板であったか理解する。それは牛乳屋の看板だった。

そして、その看板を止めたナニカは丁度俺と同じくらいの大きさをしたモノだった。

俺よりも横幅が少しばかり大きい。だらんと伸びた腕のようなものを見て、俺は何故か背中に痛みを覚えた。

よくわからない想いが胸の奥へと飛来する。

その感情が何であるかを理解する前に、俺の意識は別のところへ移された。

人の声が聞こえてきたのだ。

「ねぇ、ケンジぃ。帰ろうよ〜。皆はもう帰っちゃったよ」

「うるせぇな。お前は黙って待ってりゃいいんだよ」

俺は声がする方へ視線を向けた。

もうもうと煙が立ち込める村の広場。その一角に男女二人組がいた。

「うるさいって何よ！　……で、何やってるの？」

「お宝探しに決まってるだろうが。いいところをあいつらに持って行かれちまったからな！　何か持ち帰らないと……それにこいつ、強かっただろ？　だから多分今回のクエボスに違いねぇ。絶対何かレアアイテムを持ってるはず」

「へぇ～。そうなんだ。ケンジ頭いいー。じゃあこれで皆を出し抜けるね！」

「おうよ……ん？　何だお前」

訝（いぶか）しげな顔をした男が、何かを漁っていた手を止めて濁った目をこちらへと向けてきた。

その顔は彫りが深く整った造形をしている。野性的魅力を備えたその容姿は、涼し気な優男風イケメンと並んでＶＲゲームにありがちなテンプレ顔だ。唯一個性があるとすれば、頬に刺青（いれずみ）らしきものがあることくらいだろうか。

対する女の方はナチュラルなデカ目メイクに、ゆるふわ巻き髪といった、リアルで流行りのスタイルをＶＲゲームに落とし込んだような容姿をしている。そのため中世ファンタジー的な世界観との親和性が全くなく、周囲の風景から明らかに浮いていた。

足は異様な程長く、ウエストは折れてしまいそうなほど細く、頭はモデルのそれより小さい。そのくせバストは人並み以上に大きいという、人間離れした体型をしている。

女にとっての過剰な理想をふんだんに盛り込んだ容姿である。

そして、そんな感想を持てるほどに、俺の頭の中の靄は晴れつつあった。

つまりそれは、現状を正しく認識する能力を持ってしまったということでもある。

俺は男の疑問を無視して、男がまさぐっているモノを見る。

――それは人の形をしていた。

太い腕に分厚い胸板。そして、どこか汗臭そうな身体には見覚えがあった。

でも俺が知っている彼とは随分違った姿をしている。

肌はこんなに紅くなかった。

それに、確かにだらしない人だったが、こんなボロボロな服を着るほど無頓着な人でもなかった。

何より、以前の彼は息をしていた。

「おい、黙ってないで何とか言ったらどうなんだ？」

何も答えない俺に業を煮やしたのか、男が立ち上がって獰猛な顔を向けてくる。

その脅しつける態度には慣れたものを感じさせ、その方面に耐性がない者を竦み上がらせる程の凄みがある。

でも、俺にとってはどうでもいいことだ。

何故、皆――トータ村の人々がこの様な目に遭わなければならなかったのか。

そんな疑問ばかりが頭を埋め尽くしている。

「ねぇ、こいつ変じゃない？　こんな真っ黒な装備見たことない」

女が俺を指さして言う。

言われてみて、喪服代わりの黒い法衣を着たままだったことを思い出した。だが、そんな些事はすぐさま頭の隅に追いやられ、襲い来る感情の波に支配されていく。

視線を二人組から自分の足元へと移した。牛乳屋の看板が転がっている。そして、看板の横には、恰幅の良い女性――ロレッタさんが見るも無残な姿で横たわっている。

――ギシリ、と何かが軋む音が聞こえた。

「それに見たことないプレイヤーだし……あれっぽくない？　みんなが変な名前で呼んでた……えーっと」

女は腕を組んで考える素振りを見せた後、急に何かに納得したようにポンと手を叩いた。そしてそのまま、空中に指を滑らせ始める。

「『魔王』のことか？」

「そう、それそれ！　みんなが悪の親玉ならやっぱ魔王でしょーってノリで呼んでた奴！　あ、見つけた！　見てよ、これ！　このクエの奴で間違いないって！」

空中に表示された半透明のウィンドウを男に見せながら、興奮した様子の女がキーキーと甲高い声を上げる。

「そういや、特殊プレイヤーを見つけて討伐しろクエがあったな。なるほどな。こいつがそうか」

ぺろりと唇を舐め、猛禽類のような目で俺を鋭く射抜いてくる。

その視線を受け、俺の心に炎が灯った。

周囲を埋め尽くしている朱色の炎。エラルドさんの身体を覆い尽くしている紅の液体。

そんな真っ赤な光景を全て合わせても届かない程の深い色をした炎が、俺の身を焦がしている。

憎悪の炎だ。

「ラッキーだぜ。こいつさえ倒せば一気にトップランカーだ。これでようやくあのクソ煩い女の指示に従わなくて済む。へへへ。今からてめぇをキルするけど、悪く思うなよ？」

「やっちゃえケンジぃー！」

男が背中に背負っていたグレートソードを抜き放ち、切っ先を俺の顔に向けて構えた。その動作に迷いはない。それはきっと『異邦人』だからなのだろう。

この世界はゲームであって、ゲームではないというのに。

「……一つ聞きたい」

俺はカラカラになっていた喉を酷使し、自分の声とは思えないほどヒビ割れた声を発した。

「あん？　何だよ。命乞いなら聞かねぇぜ？」

下卑た笑みを浮かべながら質問を返してくる。

後ろにいる女も同様だ。馬鹿みたいにケラケラと笑っている。

「何故、その人たちを、殺した？」

この問いに至れる程度には、まだ俺の理性が残っていたらしい。

再びギギギと軋む嫌な音が聞こえる。モラルや良心という名の心の部品が、憎悪の炎に炙られて悲鳴を上げていた。

「は？　何言ってるんだコイツ？　おい、意味わかるか？」

「わかるわけないじゃん」

「はっ、だよな。ああ、あれか？　人の形をしてるから殺しちゃいけません！　なんて言う博愛主義者か何かか？」

「何それ、ちょーウケるんだけど！　こんなのただのＮＰＣじゃん。馬鹿みたい。そんなこと言い出したら、ＶＲゲームなんて何にもできないよ」

大爆笑しながら、女がまるでサッカーをするかのようにエラルドさんの頭を蹴りつけ、踏みつけた。

その姿を見て、耳障りだった音が消えた。

軋んでいた部品が音もなく砕け散ったのだ。

そうして俺は――壊れた。

「はは……ははは。ハハハハハハハハ！」

笑いが止まらない。許容量を超えた感情が勝手に溢れ出していく。

「何だ、コイツ……急に笑い出しやがった」

「超キモいんだけど。ねぇ、さっさとやっつけて帰ろうよ」

「そうするか」

グレートソードを構え直した男が、振りかぶりながら猛突進してくる。体中から青白い燐光を溢れさせているその姿は、地を駆ける神獣を連想させた。スキルエフェクトがその身を包んでいるのだ。

「死ねやっ！　パニッシュメ――」

ドスンと、大岩が大地にめり込んだような音が響き渡った。

男のスキル発動モーションが振りかぶった状態のまま止まる。それと同時に身を包んでいた燐光も儚く散り、消えた。

代わりに、握りしめた俺の拳からは確かな手応えが伝わってきている。

「ぐはっ！　ゲホッ！　ゴホッ！」

ガランと大きな音がして、グレートソードが地を転がる。

「何だ、これ……いてぇ」

ガクガクと痙攣しながら男が地面に膝をつく。その顔は驚愕に彩られていた。

当然の反応だった。

通常のＶＲゲームでは損害緩和システム（ダメージアブソーバー）が標準搭載されている。たとえ剣で切られたとしても痛みはなく、システム上のＨＰが減るのみである。

だが、この世界にそんなものはない。

子犬に噛まれた程度のダメージでも、涙が出るほど痛いのだ。

驚きの表情のまま動かない男の前髪を掴み、強引に引っ張り上げる。

男の顔が更に苦痛で歪んだ。

「なぁ……痛いか？」

「てめぇ！　何しやがる！　離しやがっ……ひっ⁉」

威勢のいい態度から一転、まるで地獄を覗いたような表情に変わる。

その顔が見たかった俺は、心の底から嗤った。

きっと、今の俺は魔王のような顔をしていることだろう。

「痛いよなぁ。痛めつけたらもっと良い顔をしてくれるか？　原形がわからなくなる程殴り、蹴り、魔法で炙ったら、いい声で哭いてくれるか？　嗚呼、その顔が見たくてたまらない。お前の絶叫が聞きたくてたまらない」

壊れた心がカラカラと空転し、感情を歪めていく。ドロドロに溶け、混ざり、泡立つその感情が、俺を別のモノへと変容させていく。

「でも……残念だ」

男の頭上にあるＨＰバーを見て、心底嘆いた。残りは一割もない。

レベル補正による時間感覚の変化から、こうなることがわかっていた。だから、わざわざ素手で殴ったというのに、この有り様だ。

このままこの男をキルしても、十中八九リスポーン地点で復活するか、リアルボディーに戻ってしまうだけだ。

何せこいつらはＰＣだ。ＮＰＣと違い、このアバターは本体ではないのだ。

だからこの男をこの場で殺しても、次の瞬間には何事もなかったかのようにリセットされてしまう。

俺にはそれが許せなかった。

チラリと横目でこの場にいるもう一人のプレイヤーを見る。

恐らくこの男が余裕で勝利をおさめると信じて疑わなかったのだろう。呆然(ぼうぜん)としたまま立ち尽くしている。

その姿を見て、俺は更に笑みを深くした。

「あいつはお前の彼女か？」

「んな事どうでもいいだろ……離せよ」

俺から目をそらし、幾分怯えの混じった声のまま弱々しく反抗してくる。

その反応だけで十分だった。

「電磁縛、パラライズ。お前はそこで見ているといい」

囁くようにクイックスペルで魔法を発動したあと、女の方へと向き直った。

同時にどさりと男が崩れ落ちる。

「ちょっと!?　ケンジ!?　どうしたの!?」

ようやく思考力が戻ったのか女が慌て始めたが、状況が理解できていないらしく、慌てふためくだけで何も行動を起こさない。

「ま、ひ……解、除……」

ピクピクと痙攣しながら男が女の方へと手を伸ばす。

それでやっと理解したのか、女が杖を取り出して詠唱を始めた。

「ちょっと待ってて！　今治す！　清浄なる白き風――」

女が詠唱を始めた途端、辺りの闇夜を照らす純白の光が女を包み込む。

その聖なる光は見るものの心を奪う美しさを持っていた。

だが、俺のドス黒い感情を漂白するだけの力はなかった。

「我の声を……きゃあああ！」

女の詠唱は途中で悲鳴に変わった。

何ということはない。ただ地面から生えた触手が女の身体に軽く触れただけだ。

「何これ！　気持ち悪いいいいい！」

でもたかがその程度の事で、女の詠唱は簡単に止まってしまった。

詠唱が途切れたことにより、発動エフェクトもおさまっていく。

魔法は詠唱を中断されるとその効果を発動できない。これはＲＰＧでよく見かける魔法の欠点そのままである。

ただし、この世界を形作っているのはリアル志向のＶＲゲームだ。当然移動しながらでも口は動かせるし、練習することで詠唱を速めることもできる。

だからやり方によっては、近接戦闘でも絶大な効果を発揮するに違いない。

きっとまともにプレイしていれば、プレイヤー同士の技量を競い合う熱い対人戦(PvP)ができたのだろう。

だが、俺はＭｏｄ(チート)を使っている。

それによって圧倒的なレベル差があり、戦闘中の時間感覚に大きな隔たりがあるこの状況下で、格下のプレイヤーが悠長に詠唱する暇などあるはずもない。

「最悪ー！　テンション下がっちゃった。ケンジ、先に帰るね」

脳天気な事を言いながら、女がウィンドウを操作しようと腕を上げる。

その手を俺は触手を介して搦めとった。

「ちょっと！　離してよ！　プレイヤーがログアウトするのを邪魔するのって犯罪だよ？　警察に通報されてもいいの⁉」

女の煩いさえずりを聞いて、俺は失笑した。

状況が理解できずにギャーギャーと騒ぐ人間ほど滑稽なものもない。

「警察？　それはいいな。是非呼んでくれ」

嘲るようにそう吐き捨てて、俺は女の方へと歩みを進めた。

脅すように、焦らすように。一歩一歩ゆっくりと。

「ちょ……来ないでよ！」

俺が足を進める毎に、段々と女の顔から血の気が引いていく。

それが愉快でたまらない。俺は嗜虐心が鎌首をもたげて来ているのを自覚し、その感情が漏れ出るのを隠しもしなかった。

やがて女の目の前までやってくる。

手を伸ばせば届く距離にいる女は、ようやく状況が理解できたのか、ガチガチと歯を鳴らしながら震えていた。

だから言ってやる。

「そんなに心配しなくてもいい。何も殺そうってわけじゃない」

どうせ何をやっても殺せなどしない。それを理解している俺は、柔和な笑顔でそんな台詞をうそぶく。

女の顔が一瞬固まった。そして言葉の意味を咀嚼し、理解するにつれて歯を打ち鳴らす音がおさまっていった。

そんな女の耳元で囁いてやる。

「ちょっと味見をさせてもらうだけだ」

俺は女が身に着けているチューブトップの衣装を摑み、ずり下げた。

ビリィイイ！

元々大した防御力はなかったのだろう。ずり下げた拍子に、辺りに響くほど大きな音を立てながら、布の繊維が引き裂かれる。

晒される赤い下着と、白い柔肌。

「え……」

何が起こったのかわからないのだろう。

女は自分の身体を見下ろしたまま固まっている。

その間も、俺は無遠慮な視線で肢体を舐め回していた。

散々馬鹿にしていたが、こうして脱がせてみると悪くない。

ボンキュッボンという言葉をそのまま再現したようなその体型は、ウエストの異常な細さに目をつむれば、嬲り甲斐のある凹凸を持った身体をしていた。

赤いブラに包まれた巨乳は生意気に上を向いていてこちらを挑発してくるし、へっぴり腰になっている肉感的な下半身は、今すぐにでもその中身を暴いてやりたいという欲求に駆られる程度には魅力的だった。

そうやって視姦すること約数秒。ようやく自分の惨状を理解したのか、女がけたたましい悲鳴を上げた。

「きゃあぁぁぁぁ！　何で！　どうして!?」

女が俺の視線から身を守ろうと身体をよじる。だが、そんなことをしても触手で後ろ手に縛られた体勢では何も隠せていない。

むしろ母性の象徴である豊満な果実が左右にぷるんぷるんと揺れ、俺の目を愉しませるだけだった。

そのことに気付いたのか、女は身体の動きをピタリと止める。

「ふ、ふんっ！　見たければどーぞ、エロ童貞野郎！　どうせアバターだしー。見られても大したことないしー」

本当に気にしていないなら、そんな台詞を言わない。

それに加え、女の頰は赤く染まり、目線は宙を彷徨っている。

羞恥心を感じていることがありありとわかるその態度に、俺は無言のまま視姦を続けた。屈辱を味わわせるために。

だが、女の思考回路は俺の予想の斜め上を行っていた。

「それに、どうせ触れないしね。倫理コードって知ってるぅ？　ああ、女の子と無縁な童貞野郎が知ってるわけないか。ほら、触ってみなよ。ほらほら！」

今度は俺の劣情を煽るように身体を揺さぶり始めた。その顔は得意気だ。

大方、倫理コードに弾かれる俺を笑いものにしたいのだろう。

「ああ……何でこんな奴に奪われなきゃならなかったんだろうな」

滑稽に踊る女の姿を見てそんな悲哀が胸中を過ぎったが、その一方で別の思考も頭に浮かんだ。

この二人も俺と同様の状況——この世界に閉じ込められているのは、まず間違いない。

先程俺はログアウトを阻止したが、元々そんな事をする必要はなかったのだ。

加えてこのレベル差。どう頑張っても俺に勝てない状態でこの世界に放り出されたこいつらは、俺に負けるという役割を与えられた存在。要は生贄（いけにえ）なのだろう。

俺と同じで、こいつらも被害者なのだ。

「——でも、そんな事は関係ない」

「は？」

こいつらはエラルドさんたちを殺し、トータ村を焼いた。

俺にとってそれが全てだ。

あの人たちはもう二度と、笑ってはくれないのだ。

「ブツブツ言っていないで、ほらほらぁ。早くぅー」

「黙れ」

聞くに堪えない女の声を一喝し、俺は女の背後に回り込んだ。

女はまだ何か喚いているが知ったことではない。

下着も容赦なく切り裂き、女を全裸にする。

そして前戯もなにもせずに、女の穴へと俺の肉棒をあてがった。

当然、倫理コードに弾かれたりなどしない。

「……え？　う、嘘……嘘でしょ!?　倫理コードは？　ねぇ、ねぇってば！　嫌……嫌！　入っちゃう。入っちゃうってば！」

尻を振って女は悪あがきしている。

でもその程度の抵抗で逃げられるわけもなく、風前の灯火であることを理解しているからこそ、女は尚も小さな抵抗を続けているのだろう。

俺は女の抵抗を嘲笑いながら、更に容赦なく触手で強く縛り上げ、抵抗力を削いでいく。

「あ、そこは本当に……無理、止めて、来ないでぇぇぇぇ！　ちょっと、ケンジ！　助けてよ！　彼女がこんな目に遭ってるのに、何で助けないのよ！　嫌……こんな奴のを突っ込まれるなんて絶対に嫌！　いやあああああああ！」

もはやピクリとも動けないほど女は押さえつけられている。

俺の肉棒はぴたりと女の穴を捉えていた。あとは腰を突き出せば簡単に挿入できるだろう。

そんな状況はすぐ側で倒れている男にも当然伝わっている。そのために麻痺させるなどという回りくどいことをしたのだから。

男は女の方へと手を伸ばし、俺を射殺さんばかりに睨みつけている。

だがその口から漏れたのは呪詛ではなく、懇願だった。

「や、めろ……やめて、くれ」

クシャリと歪めたその顔は、先程までの狂犬のような気配が跡形もなく消し飛んでいた。

それは哀れみを誘う表情。きっと善良な人間なら同情したに違いない。

でも、今の俺の心にはさざ波一つたたなかった。

「残念だったな。俺は魔王だ。そう呼んだのは、お前たちだろう?」

俺は男の心からの懇願を視線すら向けずに切り捨て、容赦なく肉棒を突き挿れた。

「いやあああああああああああああぁぁぁぁ!」

女の絶叫が今なお赤々と燃え盛るトータ村に木霊した。

「痛い! 痛い! 痛いぃぃぃ! 助けて! 誰か助けてってばぁぁぁ!」

女の叫びを聞く者はいない。助けてくれる者もいない。

当然だ。助けてくれるはずだったトータ村のＮＰＣたちを根絶やしにしたのは、こいつら自身なのだから。

俺はひたすら自らの快楽を得るためだけに腰を動かす。

湿り気のない女の膣内は、俺の肉棒を追い出そうと痛いくらいに締め付けてくる。

準備ができていない入り口を無理やりこじ開けるのは、いつもとは違った種類の快楽を俺に与えていた。

それは獰猛な雄としての本能。女をねじ伏せ、隷属させたいという欲求。そのドス黒い欲望が充足される満足感である。

「サヤ、カ……この、く、そ野郎がぁあああ！　殺す！　てめぇ、は……絶対に殺してやる！」

そんな遠吠えをBGMとして聞きながら、快楽に耽溺した。

相手への配慮が全くない獣のような交尾。激しいピストンを突き立てて女の膣内を蹂躙する。

深いストロークを何度も何度も打ち付け、肉棒全体に甘美な刺激を刻んでいく。

「ぐぅぅ、ひぃぃ！　あああっ……くっ、あう！　んぐううう」

悲鳴とも嗚咽ともとれる声が、女の口から漏れ出てくる。

そんな女に俺は更に追い打ちを掛けた。

「彼氏の前で犯されて、どんな気分だ？　なぁ？」

確かに女が言ったとおり、俺が犯している身体は所詮アバター。幾ら犯したところで生身の身体には傷ひとつ付けられない。

だが、ここに存在する女の精神はむき出しの生身なのだ。

胸を握りつぶされる痛み。俺の肉棒に膣内を犯される苦痛。その生々しい感触が確実に刻み込まれていく。

俺は今、こいつの精神を陵辱しているのだ。

「殺してやる……！」

涙混じりの声で女が言い放つ。生意気な口をきける程度には痛みが和らいだらしい。

幸か不幸か、女のアバターはエロＭｏｄの影響下にある。

だから女の意思にかかわらず、男を受け入れる準備を整えてしまう。

結果、女の中はいい具合に蕩け、俺の肉棒から快楽を貪りつつあった。

「そうかい。でも、ここはそうは言ってないみたいだが……なっ！」

「あ、ん！　えっ⁉　……くぅぅ」

俺が肉棒を力強く突き入れた途端、女が慌てたように歯を嚙みしめ、固く口を閉ざした。

だが漏れてしまった嬌声は大きく、はっきりと俺の耳に届いている。

そして、その声は離れた場所にいる男にも聞こえるほどのボリュームだった。

男の方へと視線を移すと、案の定愕然とした表情をしている。

「違う！　これは違うって！」

女も気付いたのだろう。慌ててしどろもどろな言い訳を始める。

その説得力のない姿が、何より滑稽だった。

女の意思に反して犯されているのであり、身体が勝手に反応しているだけ。加えて、女の身体はアバターだ。

それが紛れもない真実であり、この場にいる誰もがそれを理解している。

だが、納得できるかどうかは話が別なのだ。

「くっ、あ、あっ、うっ……んんっ、ふぅ……ふぅ……」

リズミカルに腰を打ち付けると、くぐもった声が返ってくる。

一見苦痛に耐えているように見える態度。

だが、そんな態度を取っても後の祭りである。一度嬌声を漏らしてしまったのだから、演技にしか見えなかった。

そして、その意地らしい演技すら俺は崩しにかかる。

握りつぶすようにして掴んでいた乳房を離し、くすぐるようにその先端を愛撫する。もう片方の手は下半身の結合部に這わせ、そのやや上にある肉真珠の包皮を剥いて直に刺激する。

乳首、クリト○ス、膣。女の急所三点を同時に責め立てた。

「ひっ⁉　あああ……くぅぅ。そこ、触るな！　あぁ……ん、ふ、くっ」

それだけで女の虚勢は脆くも瓦解し、足が子鹿のように震えだす。声を漏らすまいと固く閉じていた口が段々と緩み、開いていく。それはまるで女の内心を表しているかのようだった。思った以上に快楽に弱い。弱過ぎた。

だからそんな女の意識をこの世界に戻してやる。

簡単に堕ちるなど、俺は許さない。

「彼氏が見てるぞ？　いいのか？」

「――っ⁉」

緩みかけていた思考を引き起こし、女の意識を現実に向けさせる。

逃げることなど許さない。どこまでも嬲りたて、犯し尽くす。

そうして女を正気に戻してから告げた。

「ああ……出そうだ。知り合いですらない男の子種を受け止める覚悟はできたか？　一生忘れられない程の快楽をお前の子宮に刻みつけてやる。きっとあの男と交わっても、思い出してしまうだろうな。俺に犯された屈辱と、身体に受けた快楽を」

ラストスパートをかけるため、激しくピストンを繰り返す。

女が反応する場所を狙って抉るように突き入れ、責め立てる。

生身では到底ありえない快楽。仮想世界だからこそ得られる無制限の悦楽を刻み続ける。

「あんっ！　ひぃぃ、何これ、すご……いぃぃいいぃ！　壊れるっ、壊れちゃう！　助けて……ケンジぃいぃ！」

女が縋るような目を男に向けた。その目には懺悔と、後悔と、男への愛情。そして一握りの悦びが映っていた。

そんな女の切なる叫びを乗せた視線を受けて、男は――目をそらした。

「う、そ……でしょ？　そんな……」

「はははははははは！　ご愁傷様だな。これで気兼ねなく快楽に耽れて嬉しいだろう？　さぁ、受け取れ」

乳首とクリト○スを捻り上げると同時に、弾けんばかりの勢いで欲望を女の子宮へと吐き出した。

「いやああああああああああ！」

女は絶叫を上げながら、のたうつように痙攣を始める。

襲い来る強烈な締め付けが、最高に心地良かった。

女の最奥に全てを吐き出したあと、俺は余韻を楽しむことなくズルリと肉棒を引き抜き、気を失っている女を乱暴に地面に転がした。

満たされた征服欲。だが、心は空虚だった。

ポツっと水滴が頬を打つ。その数は徐々に増え、漆黒の空から本格的に雨が降り注ぎ始めた。

瞬く間に俺の身体をずぶ濡れにし、周囲の惨劇をも洗い流していく。あちらこちらにあった血だまりは徐々にその色を薄め、未だ家屋に燻(くすぶ)っていた炎は姿を消していった。

残ったのはたった一つの灯火。

俺の身を焦がす復讐(ふくしゅう)の業火(ごうか)だけだった。

◆ ◆ ◆ ◆

静かな音とともに扉がスライドし、赤縁のメガネをかけた女——東雲(しののめ)は部屋の中へと足を踏み入れた。

部屋の中央には革張りのリクライニングチェアが一つ、あとは部屋の隅に大きな黒い箱が置かれているだけで、部屋の中は無人だった。

「飼育部屋、か。あいつ等(ら)が聞いたらどんな顔をするだろうな？」

口の端を上げながら、東雲はスーツのポケットへと手を伸ばし、一枚の写真を取り出した。

写真には無精髭の男とその男に寄り添うように立つ女、そして少し離れた位置に立つ赤縁メガネの女が写っている。その三人は皆白衣を羽織っていた。

「さて、と。作業に取り掛かるとしようか」

東雲は写真をポケットへと仕舞い直し、リクライニングチェアに腰掛ける。そして肘掛け部分に備え付けられたボタンを押し込み、オールビューの仮想ディスプレイを起動した。

「ふん、また余計なことをしてくれたものだ」

東雲は、ディスプレイに映る男の人形とメイドの人形、そしてピエロの人形を眺め、嘆息した。黄昏の色に染まるそのディスプレイの端には、『フールがハジメに声を掛けた』と表示されている。

「言われたことだけをこなせば良かったものを」

東雲が仮想キーボードを数度叩くと、ディスプレイの端に履歴ウィンドウが表示された。その文字がのたうつウィンドウの中には、一際目立つ色の一文があった。『強制殺害コマンド』だ。対象は『子犬』となっている。

「ああ、そう言えば休暇をやると約束していたのだったな」

ふと思い出したかのように呟いた東雲は、仮想キーボードを叩き始める。その動きに迷いはない。

東雲が作業を始めてから数分後、突然ウィンドウ上にダイアログが表示された。

『警告！　本リクエストは、重大なＶＲ規制法違反です。直ちにリクエストを取り消してください』

血のような赤字で点滅する長文。その強調された文字列に隠れるように、『実行』ボタンが表示されている。

「相変わらず手の込んでいることだ」

東雲が警告文を鼻で笑い、躊躇うことなく『実行』のボタンを押した。

途端に部屋の隅にあった箱から駆動音が鳴り始め、起動を知らせる光が点灯する。その光はまるで幾何学模様のように複雑な形を描き、血液のように箱の表面を巡っていく。そして箱の上部の板がスライドし、ガラス製の小さな窓が姿を現した。

「――さて、望みどおり、あちらの世界での休暇を存分に楽しんでくると良い。ふっ、あっはっはっはっはっ！」

箱の窓の奥では、中性的な顔をした茶髪の少女が静かに眠っていた。

第十二話　道化

濃い霧が立ち込める中、光が滲むように広がり、トータ村を照らしていく。だがその光は弱々しく、重く淀んだ闇夜を拭い去るには至らなかった。

それでも朝の訪れを知覚できる程度には明るくなって来ている。

周囲には瓦礫(がれき)の山がうず高く積まれていた。白い灰に覆われたその風景は、これが夢であったらと願う俺の弱い心に現実を突きつけてくる。

「皆……」

目の前の広場には、木の棒切れを紐で縛っただけの不細工な十字架が並んでいた。その数十個ある墓標の一つに歩み寄る。

「ルシアさん……」

十字架の足元には、真っ白な羽根ペンが置かれている。使われた様子のない、真っ更な羽根ペンだ。

「こんなものを何で後生大事に握っていたんですか。こんなものくらい、幾らでも……」

幾らでも渡すことができた。羽根ペン、宝石、アクセサリー。何でもだ。

――生きてさえいれば。

「エラルドさん、モーガンさん。ほら、酒を持ってきましたよ。また馬鹿騒ぎしましょうよ」

インベントリから酒――『魔王(サタン)』を取り出し、二つの墓標へと注いでいく。墓標を伝っていく透明な雫は、朝日に照らされて淡い輝きを放っている。

「ああ、でも駄目か。またロレッタさんを怒らせちゃ不味いですよね」

視線を横に遣ると、エプロンを羽織った十字架があった。そのエプロンには牛乳屋のマークが刺繍(ししゅう)されている。

背後からドッと笑い声が聞こえた。振り返ると、むさ苦しい男衆が集まり、野太い笑い声を上げていた。その横では村の女性たちが微笑んでいる。

――そんな幻を見た。

「俺は……勘違いをしていた」

目を閉じ、一晩考えて辿り着いた結果を吐き出す。その声に後悔が色濃く表れているのを感じ、更なる自己嫌悪に陥った。

俺は他プレイヤーが現れた事と、そのプレイヤーたちの扱いで、一つの可能性を思い浮かべた。

それは、俺自身がこの場にいる事が偶然ではない可能性。不特定多数の人間からたまたま俺が選ばれたのではなく、最初から俺という個人を巻き込みたかったという可能性だった。

フールは最初に『クローズド・ベータテストに当選した』と俺に言い放った。

その言葉を信じたわけではないが、いつの間にか俺は巻き込まれたのが偶然によるものだと頭の中で処理し、現実世界とこの世界を無意識に切り離していた。

――いや、俺は信じたかったのかもしれない。

嫌な現実からの解放を願って。

ゲームの世界で暮らせる事を夢見て。

だが、その逃避が俺の目を曇らせていた。

今思い返してみると、そもそも最初からおかしかったのだ。

まだ現実世界にいた頃、俺は会社帰りに黒服の男たちを目撃していた。あれは間違いなくフールの一派だ。

しかし、そこで腑に落ちない点が出てくる。あの男たちを目撃したのはゲームにログインする前、しかもＡＩＭｏｄをインストールすらしていない状態だったのだ。

つまり、俺が行動を起こす前から家の前で待機していたということになる。が、そんな事を不特定多数の人間相手に行うのは物理的に不可能である。

結局、偶然クローズド・ベータテストに当選したというフールの言葉は、端から出鱈目だったのだ。元々奴らは『俺』を仮想世界に監禁する気満々だったということである。

そうして俺という個人に焦点を当てて考えていくと、まるで紐がほどけていくように全貌が見えてきた。

例えばフールの正体。

例えばサクラの声に不快感を覚えた理由。

たどり着くのは早かった。そして、何故たどり着けなかったのかと悔いた。もっと早く気づいていれば。そんな後悔ばかりが怒濤のごとく押し寄せている。

だが俺は軽く頭を振り、ネガティブな思考を振り切った。

後悔はいつでもできる。なら今すべきなのは別のことだ。

「……他の皆は無事でいてくれよ」

フールの魔の手が伸びたのは、このトータ村だけとは限らない。この世界に安全な場所など何処にもないのだ。

俺は祈るように詠唱を終え、城へと転移した。


「……流石にフールたちは、もういないか」

ランドール城の裏手、十字架の並ぶ墓地へと戻ってきた。朝靄に包まれた墓地に人影はなく、ひっそりと静まり返っている。

「皆は何処だ？　探さないと……」

駆け出そうとしたが、その前に背後から声がかかった。

「……ハジメさん？」

振り返ると、リーナちゃんが立っていた。その顔には驚きの表情が浮かんでいる。

「どうしたんですか!?　ひどい顔……それに、服に煤が」

「いや、そんなことよりも、皆を集めてくれないか。話したいことがある」

「そんなことって……ダメです！　まず診させてくだ――」

「――いいから、頼む」

駆け寄ってくるリーナちゃんを制止する。その声は自分でも想像していなかったほど低い声だった。

ぞろぞろと計五人の女性たちが集まってくる。リーナちゃんを先頭に、ミリア、アニタちゃん、エローラさん、コルネリアだ。

そこに、サクラの姿はない。

「ハジメさん、集まってもらいましたけど……サクラちゃんがどうしても見当たらなくて」

「ああ、サクラはいいんだ」

サクラという名前を口に出した瞬間、ズキリと胸に痛みが走る。だが、何とか表情に出さないよう堪えた。

「何よ、こんな朝っぱらから。ただでさえ気が滅入っているのに」

「ふぁぁぁぁあ。眠いのじゃ……」

ミリアとコルネリアが不満を訴えてくる。その表情は平和そのものだ。

「どうしたんですか……？」

勘の鋭いアニタちゃんが異変を察知し、不安げな表情を見せている。エローラさんも同様の表情を浮かべ、口を閉ざしていた。

「……皆に話がある」

「妙に改まって、何なのよ……？」

「ミリア、今は黙って話を聞きましょう」

「エローラさんまで神妙な顔をして……一体何なのよ」

エローラさんは静かに首を横に振る。その様子は、まるで俺が今から話そうとしていることを予期しているかのようだった。

「……まず俺と、この世界の話を聞いて欲しい。実は——」

この世界や自分自身のことを訥々と語っていった。


「——というわけなんだ」

現実世界とゲームの世界。その成り立ちと、俺を除く皆がNPCと呼ばれる存在であること。また、フールという悪魔のような存在がいること。そして最後に、俺と同じプレイヤーがこの世界にやって来ていることを長々と話した。

「……そうだったのね」

皆が押し黙る中、エローラさんは納得するかのように小さく呟いた後、軽い口調で言葉を続けた。

「それで……？」

「え？」

意外な反応に、俺は困惑してしまった。正直なところ、突然今いる世界が作られた仮想の世界だと言ったところで、頭を打ったのかと言われるのが関の山だと思っていたのだ。

「要は、異世界から来たということでいいのかしら？」

「え？　あ、ああ。そういう事になるのかな……？」

確かにエローラさんたちから見てみれば、俺は異世界から来たと言えるのかもしれない。

だが、何よりも驚いたのは、誰一人として奇異の視線を向けてこないことだった。

「信じてくれるのか？」

「どういうことですか？」

俺が何を言っているのかわからないとでも言いた気に、アニタちゃんが首を傾げている。

その様子を見て、ミリアがやれやれと首を横に振った。

「アニタはこいつのことを信用しすぎよ」

「なら姉さんは信じてないんですか？」

間髪入れずにアニタちゃんが聞き返す。

「あー……えーっと」

「姉さん」

アニタちゃんがじっとミリアを見つめる。ジト目で、だ。

ミリアが白旗を上げるまでそう時間はかからなかった。

「あーっ、もう！　降参！　あたしの負けよ。少なくともこんな時に嘘をつかないってわかるくらいには信用してるわよ！　もう、何であたしがこんなことを言わないといけないのよ……こういうのはリーナの役割じゃない」

尻すぼみなトーンでぶつぶつと文句を言いながら、頬を赤くしてそっぽを向くミリア。

「あはは。でも、赤くなってるミリアちゃんも可愛いよ？」

「ミリアは素直じゃないからのう」

でもその向いた先で、笑顔を浮かべたリーナちゃんと、腕を組みながらウンウンと頷いているコルネリアが容赦ない追撃を加える。

「あんたたちまで……エローラさん、ちょっとは助けてくれてもいいんじゃないですか？」

エローラさんに助けを求めるミリア。

その救援要請を受けて、エローラさんがミリアの肩をポンと叩く。

「諦めなさい」

下ったのは、泣き寝入りしろという審判だった。

四面楚歌（しめんそか）に陥ったミリアはがっくりと肩を落とし、項垂（うなだ）れたまま地面に沈んだ。

そして、俺は皆の姿を呆然と見つめていた。

ＮＰＣは人間と変わらないなんて言いながらも、心のどこかでＮＰＣだから信じてもらえないと決めつけていた。ＮＰＣと人間のどこが違うんだ、と高説を垂れながらも、心のどこかで彼女たちのことを信じきれないでいた。

そんな俺の様子を見て、エローラさんがため息をついた。

「不思議そうな顔をしているけれど、そんな顔を見せることの方が私にとっては不思議なのよ？不可解なことは沢山あった。クリフォードの奇妙な死。突然人が変わったかのように専横を始めた宰相。あと、この手の話をしようとすると、言葉が出なかったこともそう」

「気付いていたのか……」

「もちろんよ。それに——」

エローラさんが一呼吸を置く。その目は真実を見抜く鋭さを宿していた。

「ハジメさんが本当に話したいことは、この世界や、私たちのことではないのでしょう？」

「……よくわかったね」

「話し終わったはずなのに、まだそれだけ暗い顔をしていたら、誰でも気付くわよ」

ミリアが横から口を挟んでくる。続くように、アニタちゃんも声を上げた。

「……私は、全部知りたいです。良いことも、嫌なことも。全部」

「そう、か……」

一同の視線が集まる。口を挟んでこなかったリーナちゃんやコルネリアの視線も真っ直ぐに俺へと向けられ、その瞳が全てを知りたいと語っていた。

「——なら、落ち着いて聞いて欲しい。リーナちゃんとエローラさんは特に、ね」

この世界の成り立ちを話す時よりも口が重く感じられた。全てが夢であったならと願う心が邪魔をしているのだ。口に出してしまえば、瞼に焼き付いている惨劇が現実のものとして確定してしまう。そんな気がして震えが止まらない。

だが、現実逃避を始める心——甘えを一息とともに吐き出した。その甘えこそが、この惨劇をもたらした一因なのだから。

俺は重い口を無理やりこじ開け、口火を切った。

「さっき話した俺以外のプレイヤーたちのせいで、トータ村は……もう、ない」

「……え？」

リーナちゃんの表情が固まった。

「……もうないってどういうことかしら？」

比較的冷静な声でエローラさんが質問を投げかけてくる。だが、その声も微かに震えていた。

「そのままの意味。俺が到着した時には、村から火の手が上がっていた」

「皆は……!?　村の皆はどうなったの!?」

リーナちゃんが俺の側に駆け寄ってきて、縋るような眼差しを向けてくる。だが、俺は努めて冷静に、冷酷な現実を言葉にした。

「……皆、死んだよ」

「……嘘」

「嘘じゃない。生き残りはいなかった」

「嘘！　そんなはずない！　何でそんな嘘を言うんですか！」

目の前で俺に縋り付く少女の気持ちは、痛いほどに理解できた。だが、俺はもう、現実から目を背けることを止めたのだ。

――もう二度と失敗をしないために。

「……嘘だと言ってあげられなくて、ごめんな」

大粒の涙を溜めたリーナちゃんの頭に手を添え、撫でていく。やがて、堰(せき)を切ったかのように、リーナちゃんが大粒の涙を流し始めた。

「何で、どうして……」

「……もう一つ、悪い知らせがある」

「……まだ、あるんですか？」

目元を赤く腫らし、涙が伝ったままの顔でリーナちゃんが見上げてくる。その顔を見て、心が折れそうになった。これ以上、リーナちゃんを追い詰めるようなことは言わなくてもいいんじゃないか。今でなくても、後で伝えればいいのではないか。

そんな甘い考えが頭を過ぎった。だが――

「……ハジメさん。その話は、後で聞けば済むこと？　違うのでしょう？　先延ばしにしたら、後で後悔する類のことでしょう？」

悲しみのどん底にいるはずのエローラさんが、俺より冷静に客観的な質問を投げてくる。冷水を浴びせられた気分だった。

「……その通りだ。だから、堪えて欲しい」

リーナちゃんの頭を撫でながら語りかける。そのリーナちゃんは嗚咽を上げながらも、小さく頷いた。

「……ありがとう。もう一つの悪い知らせは、サクラのことだ」

「そう言えば、サクラがいないのじゃ。何処に行っておるのじゃ？」

「……今はさっき言っていたピエロ人形――フールの元にいる」

「え？　それって、どういうことです……？」

アニタちゃんが口元に手を当て、困惑した表情を浮かべる。

「俺も詳しくはわかっていない。だが、今回フールが現れた時、俺はサクラと一緒にいたんだ。だけど、フールが現れてからサクラは一言も喋らなかった。しかも、フールと一緒に何処かへ消えてしまったんだ……」

「そんな……」

鉛のように重い沈黙が降りる。トータ村の惨劇、そしてサクラの失踪。相次ぐ悪い知らせに、皆言葉を失っていた。

だがそんな中、ミリアだけは違う反応を見せた。

「……まさか、このまま泣き寝入りするんじゃないでしょうね？」

ミリアが俺に挑むような視線を向けてくる。その瞳には烈火の如き怒りが宿っていた。

「あたしはそんなの耐えられない。団長の命を奪った本当の元凶は、そのフールって奴なんでしょう？　それに、エローラさんやリーナの村を襲った連中も絶対に許さない」

「ああ、そうだな」

爛々（らんらん）と光るミリアの視線に煽られ、消えかかっていた憎悪の炎が再び燃え盛る。

「――なら、どうするの？」

「……報いを受けさせる」

許せるはずなどない。

フールは元より、プレイヤーたちも越えてはならない一線を土足で踏み越えて来たのだ。

現代社会において、ＮＰＣには人権という言葉が適用されない。なら、人間がＮＰＣを殺した場合どうなるか。答えは間違いなく無罪放免だろう。何人殺そうが、どんな殺し方をしようが、罪に問われることはない。

全く以ってふざけた話である。このＮＰＣたちは人間以上に人間らしい感情を持っているというのに。

元凶はあくまでフールたちだ。そしてプレイヤーたちはその被害者である。

だが、そのプレイヤーたちの行いも許せる限度を超えていた。

相応の報いを受けさせることに躊躇いは――ない。

「当然ね。泣き寝入りするなんて言い出したら、引っ叩いてやろうと思ってたところよ」

ミリアが挑発的な顔で嗤っている。

恐らく俺も似たような顔をしていることだろう。

「……ハジメさんがそう決めたのなら、何も言わないわ。でも、サクラのことはどうするのかしら？」

エローラさんが冷静に指摘してくる。それは無意識に避けていた話題だった。

皆が黙りこむのに構わず、エローラさんが言葉を続ける。

「状況から考えて、そのフールという人物の一味なのは、ほぼ確実ね。なら、次に出会った時は敵同士ってことになるわ。邪魔するようなら容赦なく切り捨てるということでいいかしら？」

その過激な言葉に、目をむいた。

確かにエローラさんの言う通りではある。俺たちは裏切られた可能性が高い。

サクラはフールが現れた時に何も言葉を発しなかった。幾ら無愛想なメイドと言っても、あまりにも不自然な態度である。加えてその後、忽然と姿を消しているのだ。元々フール側の人物だったという結論に至るのは当然の帰結である。

だが、理性ではそう理解していても、感情では納得していなかった。

そうして俺の思考は、ぐるぐると出口のない迷路を彷徨っている。

「それは流石に……」

皆それぞれに反発を示す。だが、明確な反対の根拠があるわけでもなく、その反応は弱かった。

皆どうすべきなのか、迷っているのだ。

そんな中で、誰よりも強く反発したのはリーナちゃんだった。

「お母さん！　何を言ってるの!?　サクラちゃんを悪者みたいに言うなんて！」

「あら、違うと言うの？」

「絶対違う！　サクラちゃんとあんなに仲良かったお母さんがそんなこと言うなんて……信じられない！　どうしちゃったの!?」

「客観的に物事を見ているだけよ。リーナが言っているのはただの感情論じゃない」

「それは……でも！」

口論を続ける母娘。

俺はその二人、特にエローラさんの様子に違和感を覚えた。

確かにエローラさんは厳しい人だ。特に仕事では鬼のような冷徹さを持っている。

でも、身内にはとことん甘い人なのだ。そのエローラさんがサクラを簡単に切り捨てるような発言をするとは思えなかった。

「なら、どうする気？」

あくまでエローラさんは、サクラを敵と見なすべきだと主張する。

「まずは話を聞いてあげないと！」

「私も、何か理由があるんだと思います」

口論にアニタちゃんが加わった。その目には確固たる意志が宿っていて、先ほどまでの逡巡が嘘のように消え去っている。

「話を聞いて、どうするの？」

「説得する」

エローラさんを睨みつけるようにして、リーナちゃんが断言する。

「……そう。ならやってご覧なさい。でも、そう言い切ったからには、必ず説得してみせなさいよ？」

そう言って、この話は終わりとばかりにエローラさんが背を向けた。

その途中、エローラさんが微かに微笑んだのを見て、俺は彼女の思惑を察した。そして、何とも強引なやり口だなと苦笑してしまった。俺には真似できそうにない。

そうしてひと通りの方針が固まり、話が途絶えたところに、一陣の風が吹き抜けていった。それは俺たちの纏っている空気を吹き飛ばすような、不自然なほど爽やかな風だった。

「……来たか」

根拠などない。だが、俺の第六感がそう告げていた。

奴が来た、と。

「やぁやぁ、ハジメ――」

「よう、フール。遅かったな」

突然背後から掛けられた声に被せるように、俺は名前を呼んで振り返る。

そこにはニヤついた顔のフールと、その後ろに控えるように立っているサクラの姿があった。

「サクラちゃん！」

リーナちゃんがサクラの姿を見つけ、慌てて駆け寄ろうとする。だが――

「煩いなぁ。ボクはハジメ君に話があるんだ。外野は黙っててよ！」

「――っ!?」

フールが手元のウィンドウを操作した瞬間、リーナちゃんの声が不自然に途絶えた。振り返ると、リーナちゃんが口元を押さえ、蹲(うずくま)っている。

「……便利なものだな」

「あれ？　随分冷静だね？　いいの？　そんな余裕ぶっちゃってさ！　まーたあの村みたいなことが起きるかもしれないよ？　キヒヒ」

「ふっ……それはないな。お前にそんな権限はないし、今この場でNPCたちに危害を加えるような指示も与えられていない。そうだろう？　むしろ、今のお前はやり過ぎだと言われているんじゃないか？」

正体不明の相手だった頃とは違うのだ。相手の好みや性格、そして朧気ながらも目的らしきものがわかっていれば、次の一手は予想がつくものだ。

「……何でそう思うんだい？」

「さぁ？　何でだろうな？」

フールの真似をするように、ニヤニヤと笑う。

出鼻を挫かれたフールは、引きつった顔をしていた。

「お前――」

「おいおい。お前じゃなくて『君』だろ？　素が出てるぞ？　ちゃーんとロールプレイしなきゃダメじゃないか」

またも被せるようにして揚げ足をとる。今度はフールの口調を真似してやるおまけ付きだ。

フールは怒り心頭の様子で、全身を震えさせている。言い返す余裕すらないらしい。相手をいじる事が大好きなタイプは、逆にいじられると脆いものだ。まさにフールはその典型だった。

「おーっと、だんまりなんてつまらないな。いつもみたいに、もっと饒舌に喋ったらどうだ？」

仮面がボロボロと剝がれ落ちていくかのように、フールの笑顔が崩れていく。

「……僕を怒らせると、どうなるかわかってるんだよね？」

地獄の底から湧き出たような暗い暗い声。そして、憤怒に歪んだ顔。

そこに『フール』というキャラクターはもういなかった。いたのは――

「わかっていないのはどっちなんでしょうね？　ねぇ、音川（おとかわ）先輩？」

瞬間、音川先輩（フール）の顔が時を止めたかのように固まった。

「いい顔だな。ああ、初めてあんたに共感できたよ。他人をコケにするのってこんなに愉しいんだな」

「な、な……なっ」

「お前は情報を与え過ぎたんだよ。会社にいた頃は、散々俺のことをからかってくれたじゃないか。『友達がいないぼっちの柊（ひいらぎ）君』なんてさ。確かにあんたの言ってた通り、俺はぼっちだった。でも、お陰様でお前たちの正体を絞り込むのは簡単だったよ」

昨日フールが見せた素の姿。それは俺にとって、中の人間を断定するのに十分な材料だった。

こいつの名前は音川七音（どれみ）。

勤めていた会社の先輩で、俺のことを顎でこき使ってくれていた女だ。

「ロールプレイするなら、徹頭徹尾やらないと意味がない。それに、サクラの顔と声に関してはやり過ぎだ。俺の母の顔。東雲（しののめ）課長の声。身近な所でサンプリングし過ぎなんだよ。詰めが甘いなんてものじゃない。多甘過ぎて胃もたれしそうだ」

今までの仕返しとばかりに、俺はフールに向かって笑い続ける。

他人を見下し、笑い物にして、悦に入（い）る。

実に——最低な気分だった。

「……だから、どうしたっていうのさ」

俺が笑い声を周囲に響き渡らせていると、下を向いて震えていたフールが顔を上げた。その顔には再び笑みが張り付いている。

「ボクの正体がわかったところで、それがどうした！　君が囚われの身であることに変わりはないし？　むしろ粋がっている姿が可愛く思えてきたよ。キヒヒ」

自分の優位を確信した笑みを浮かべている。そのせいか、徐々にロールプレイまで復活して来ていた。

「だいたい——」

「じゃあ、そろそろ本題に入ろうか」

フールの顔が、笑顔を浮かべた状態で目を見開き、そのまま固まる。中々に面白い表情だが、俺は構わずに続けた。

「なぁ、フール。『悪魔』って知っているか？」

「……はぁ？　急に何なのさ？」

フールが怪訝な顔をする。だが、フールの反応などお構いなしに話を続けた。

「悪魔ってのはな、他人を陥れて楽しむ最低な奴らのことだ」

「ああ！　ボクがその悪魔って言いたいのかな？　キヒヒ」

「……そして、数々の物語に登場する悪魔たちには、共通点がある」

「共通点……？　てか、さっきから何の話をしているのさ？」

「全ての悪魔は『真名』を持っているんだ。真名は悪魔の命そのもの。一度他人に知られれば、全てを奪われ、破滅する」

真名――その名の通り真の名前を知られた悪魔は、自由を奪われ、生殺与奪の権利まで奪われて、破滅へと追い込まれていく。悪魔退治の物語に度々登場する王道のシナリオだ。そして、真名を知られた悪魔（フール）が奪われる自由は当然――

ここまで考えたところで、怒りがこみ上げてきた。これは、俺自身で至った発想ではない。他人に無理やり植え付けられた発想だからだ。

「……なぁ、フール」

俺が現実から逃避していなければ、もっと早くフールの正体に気付く可能性もあった。それほどまでにサクラの顔と声は、あからさまなヒントだった。

クリフォードの日記もそうだ。わざわざ悪魔について言及し、俺の思考を誘導している。

――まるで、正体を見破ってほしいかのように。

「一つ聞いていいか？」

この筋書きを考えた奴は、今頃現実世界でせせら笑っているだろう。自分の思い描いた通りに事が運び、さぞ愉快に違いない。

だが、積もりに積もったフールへの恨みが、その陳腐なシナリオを是とした。

ああ、今回だけは乗ってやる。この女を破滅に追い込むために。

「お前は今、ログアウトできないんじゃないか？」

沈黙が降りる。

その耳が痛くなるほどの静寂を破ったのは、フールの笑い声だった。

「ふふふ……あっはっはっはっは！　何を言い出すんだい！　いひひひひひっ！　過去最高のジョークだよ、それ！　あー、お腹痛いぃぃ！」

笑い転げるフール。

その姿を見て、俺は憐れみさえ覚えた。

「そう思うなら、今すぐログアウトしてみたらどうだ？」

「その手には乗らないよ？　キヒヒ。でもまぁ、いっか。君の渾身のジョークだもんね。付き合ってあげるよ。キッヒッヒッヒ」

可笑しくてたまらないと笑いながら、フールが宙へと指を這わせる。

次の瞬間、フールの前に半透明のウィンドウが展開された。

「この画面を見るの久しぶりだなー。ボクはログアウトしたいって思うだけでできちゃうからね。キヒヒ」

こうしてわざわざ一般プレイヤーと同じ手続きでログアウトしようとしているのは、視覚効果で俺を煽るためだろう。

それが逆に墓穴を掘っているとも知らずに、嬉々とした様子で喋り続けている。

「さーて、ログアウトボタンは……ど、こ、か、なー？」

ログアウトボタンはその性質から、インターフェースの浅い階層部分にある。

それをわざと迷うふりをして表示しないように避け、焦らしている。

その姿は正にピエロだった。

「あ！　ここだ、ここだ！　いやぁ、すっかり忘れてたよ。キヒヒ。じゃあお待ちかね！　それっ！」

ピッという電子音が鳴り、ログアウトボタンがあるはずの階層がウィンドウ上に展開される。

フールはその画面に目もくれず、俺の反応を観察するためにこちらへと視線を向けていた。

そんなフールの態度に失笑しながら、俺は問う。

「なぁ、どこにあるんだ？　ないじゃないか」

「おっと、ここで苦し紛れの嘘かい？　いけないなぁ。嘘は泥棒の始まりだよ？　キヒヒ。ほら、ちゃーんとここに……は？　何でないわけ？」

俺を笑い物にするためにしてきた事が全て裏目に出ていて、フールが驚く様は滑稽という言葉以外に形容する表現が浮かばなかった。

「お前は何を言っているんだ？　当然の結果じゃないか」

こいつは俺を一定の方向へ引きずり込むために、何度かアクションを起こしてきた。例えば、グランドクエストを進めさせるためにエローラさんを誘拐した件がそうだ。

だが逆に言えば、そうやってわざわざ介入しなければならない状況だったとも言える。こいつらの計画が順調とは言い難い状態だったという何よりの証拠である。

計画の遅延。それが原因で起きているだろうと予想される他からの圧力。そんなものを受けて、東雲が黙って部下を許すはずがない。

「何なんだよ、これ！　サクラ！　お前も黙ってないで何か言えよ！」

フールが横に居たサクラの襟首を乱暴に摑み、締め上げるようにして詰め寄っている。その取り乱している様子は、もはや余裕の欠片もなかった。

「……あの方から伝言を預かっております」

これまで一度も言葉を発さなかったサクラが、ここでようやく口を開いた。

一見、無表情で無感情な声。だが、俺がフールに向けるものと同種の感情がそこにあるように思えた。

「他のプレイヤーたちを上手く誘導しなさいとのことです。それが終わり次第休暇を与えると仰っておいででした」

こんな言葉を信じる奴がいるのかと思う程の嘘臭さだった。

どう考えても、休暇を与える気などありはしない。

これはトカゲの尻尾切りでしかないのだ。あの女の性格を知る者なら、十人中十人がそう考えるだろう。

「はぁ？　何なのさ、それ！　意味わかんないんだけど！　あー、もう！　腹立つなあ！　帰ったら絶対に文句言ってやる！」

だが、フールは例外だったらしい。まだ自分が現実世界に帰れると思っている。その自ら名乗っている通りの愚か者ぶりには笑いを禁じ得なかった。

「あーっ、イライラする！」

頭を掻きむしり、怒りを露わにしたフールは、不機嫌顔のまま続けた。

「こうなったら、さっさとあのプレイヤーたちを動かして、オーダーを達成してやる……！　サクラ！　行くよ！」

フールは乱暴に言い捨てた後、忽然と姿を消した。

残されたのは無表情で佇むサクラと、俺たちだけである。

「サクラちゃん……」

フールの呪縛から解き放たれたリーナちゃんが、サクラの名前を呼ぶ。だが、サクラは微かに身体を揺らしたものの、返事はない。

見かねた皆が次々と声をかけ始めた。

「サクラがいないと、わらわは困るのじゃ。サクラの菓子は美味なのじゃ。もっと食べたいのじゃ。だから……帰って来るのじゃ！」

コルネリアが懇願する。

「何があったのかは知らないけど、それは後で聞くわ。だからさっさと帰るわよ」

「サクラさん、帰りましょう？」

エルフの姉妹が手を差し伸べる。

だがサクラは、無言でエプロンスカートを翻し、背を向けた。

それはいつもの様に隙のない立ち姿。でも、俺にはその背中が震えているように見えた。

「サクラ！　少なくとも俺は、いや、俺たちはお前を家族だと思っている！　お前にどんな事情があるかは知らない。でも、非常食のために悲しんでいたサクラを俺は信じている」

引き止めるはずが、気がつけば全然違うことを口走っていた。

そう叫ぶ俺を尻目に、サクラの姿が薄くなり、消え始める。

「サクラちゃん！」

慌ててリーナちゃんが駆け寄る。

だが、伸ばしたその手は何もつかむことなく、空を切った。

CHARACTER DESIGN
エローラ

CHARACTER DESIGN
リーナ

CHARACTER DESIGN
アニタ

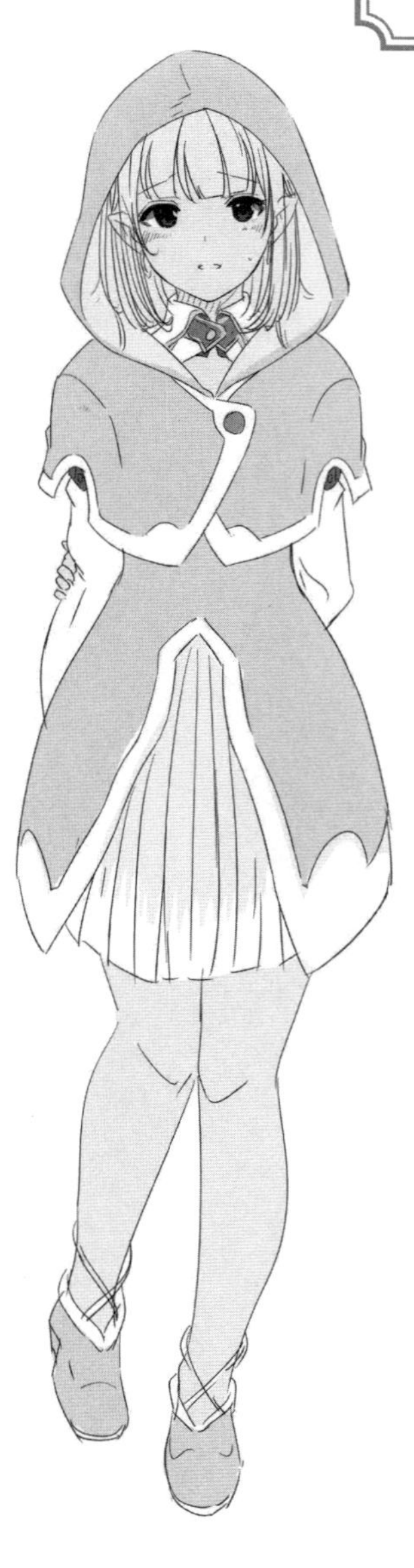

CHARACTER DESIGN
ミリア

CHARACTER DESIGN
サクラ

CHARACTER DESIGN
コルネリア

ノクスノベルス 既刊シリーズ

ゾンビのあふれた世界で俺だけが襲われない①〜③

［著］裏地ろくろ ［イラスト］サブロー

統率されたゾンビが避難所に！
脱出への鍵を握るのはあの男!!

チート能力で生き残る大人気パンデミック第三弾！

クラス転移で俺だけハブられたので、同級生ハーレム作ることにした①

［著］新双ロリス ［イラスト］夏彦（株式会社ネクストン）

「このクラスから出て行ってくれないか」

異世界転移後すぐに追放された主人公。
女を自分のものにできる特殊スキルの使い道とは……

Nノクスノベルス 今後のラインナップ

LINEUP

NPCと暮らそう! 2

2017年5月20日　第一版発行

【著者】
惰眠

【イラスト】
ぐすたふ

【発行者】
辻政英

【編集】
鈴木淳之介

【装丁デザイン】
夕凪デザイン

【フォーマットデザイン】
ウエダデザイン室

【印刷所】
図書印刷株式会社

【発行所】
株式会社フロンティアワークス
〒170-0013 東京都豊島区東池袋3-22-17
東池袋セントラルプレイス5F
営業 TEL 03-5957-1030　FAX 03-5957-1533

ノクスノベルス公式サイト
http://nox-novels.jp/

※本作は、「ノクターンノベルズ」（http://noc.syosetu.com/）に掲載されていた作品を、大幅に加筆修正したものとなります。